NARRATORI MODERNI

Dello stesso autore in edizione Garzanti:

La creûza degli ulivi
Con la morte non si tratta
Le cose che non ti ho detto
Rossoamaro
Colpi di coda
Il profumo delle bugie
Lo spaventapasseri
Un conto aperto con la morte
Fragili verità
Uno sporco lavoro
Le sigarette del manager
Voci nel silenzio

BRUNO MORCHIO

NEL TEMPO SBAGLIATO

Bacci Pagano
e l'irresistibile arte della fuga

Garzanti

Prima edizione: novembre 2021

Per essere informato sulle novità del Gruppo editoriale Mauri Spagnol visita:
www.illibraio.it

Pubblicato in accordo con Grandi & Associati, Milano

ISBN 978-88-11-81627-0

Printed in Italy

www.garzanti.it

NEL TEMPO SBAGLIATO

A Franco Pugnaloni,
affezionato amico di Bacci Pagano.

«Piano piano,
ma irresistibilmente
torno da te.
La mia vita
irresistibilmente
corre con te.»

SYLVIE VARTAN, *Irresistibilmente*

«O natura, o natura,
perché non rendi poi
quel che prometti allor? perché di tanto
inganni i figli tuoi?»

GIACOMO LEOPARDI, *A Silvia*

«La rondine vi porta
fili d'erba, non vuole che la vita passi.»

EUGENIO MONTALE, *Lindau*

«Codesto solo oggi possiamo dirti,
ciò che non siamo, ciò che non vogliamo.»

EUGENIO MONTALE, *Non chiederci la parola*

1.
FUGHE E TRASLOCHI

Sarebbe stato facile raccontare alla polizia che Carlo Pizarro mi aveva cercato per ritrovare sua moglie. In fondo era la verità, o quantomeno la ragione che in quel pigro lunedì mattina di maggio del 1994, infestato dai cattivi pensieri e da una macaia da tagliare col coltello, lo aveva portato nel mio ufficio di piazza De Marini senza neppure darsi la briga di prendere appuntamento.

Pizarro era uno spirito anacronistico, uno di quei singolari individui che in fondo al cuore coltivano il sospetto di vivere nel tempo sbagliato e il rimpianto di avere mancato per un pelo l'età dell'oro, un'epoca favolosa che non appartiene alla verità della storia, ma al loro personale immaginario privato. La stagione dei suoi sogni erano gli anni Cinquanta, quelli in cui era bambino e che poteva ricordare solo in bianco e nero, attraverso il cinema e le fotografie dell'album di famiglia.

A dispetto del cognome ispanico, era nato a Genova, anche se in tanti lo chiamavano Pisarro perché da noi la zeta si pronuncia esse, come a Madrid e a Buenos Aires; figlio d'un barbiere di Voltri e di una commessa di fornaio della valle Stura, doveva essere stato il primo della sua famiglia a conseguire una laurea: si fregiava del titolo di dottore in economia, parlava con la proprietà di linguaggio di chi ha frequentato il liceo e vestiva con la ricercata eleganza dei proletari che si sono arricchiti troppo in fretta per convincersi fino in fondo di meritarselo.

Aveva accumulato una cospicua fortuna giocando in borsa e la esibiva come una maschera posticcia, smanioso che tutti la vedessero e la certificassero, indossando camicie di Finollo con gemelli in oro, completi di lino firmati Armani e cravatte di seta Yves Saint Laurent acquistati da Berti in Piccapietra e da Pescetto in via Scurreria. Anche le scarpe, mocassini estivi di pecari beige, abbinati a calzini scuri di filo di Scozia, venivano da qualche emporio di lusso e dovevano calzare morbide come guanti e costare almeno quattrocentomila lire il paio.

Del resto, eravamo negli anni Novanta, quelli della finanza aggressiva inaugurata dalla globalizzazione galoppante, lui aveva cavalcato l'onda e, con una buona dose di spregiudicatezza, aveva spremuto dalle mammelle del mercato azionario tutto l'estraibile; eppure, non si sentiva a proprio agio e invidiava coloro che si erano arricchiti impiantando fabbriche e costruendo case e strade quando il paese aveva un disperato bisogno di case, strade e fabbriche e di uomini intraprendenti che le realizzassero.

Insomma, Carlo Pizarro avrebbe voluto sentirsi un protagonista del boom economico e non il rentier postmoderno d'una ricchezza astratta e intangibile, e la sua era una nostalgia eticamente determinata. Così, in mancanza delle gloriose ciminiere dell'industria pesante ormai delocalizzata, fumava una Lucky Strike dietro l'altra e addolciva l'alito e il timbro della voce con aromatiche pastiglie Valda.

Dopo essersi accomodato davanti alla scrivania, aver accavallato le gambe, parlato per mezz'ora di fila e impestato l'aria di fumo, si guardò intorno come se solo allora si accorgesse del cumulo di scatoloni disseminati sul pavimento che conferivano all'ufficio l'aspetto d'un magazzino in liquidazione.

«Sta traslocando?» domandò.

«Mi trasferisco in stradone Sant'Agostino, a duecento metri da qui.»

«I traslochi sono una grande rottura di scatole», sentenziò con un sussiego che suonava quasi comico.

«Concordo: riempire scatoloni è una vera rottura di palle, ma molto dipende dal punto di partenza e di arrivo.»

«Sarebbe a dire?»

«Se si va a stare meglio...»

«Lei va a stare meglio?»

«Mi sono appena separato, non mi lasciano vedere mia figlia e dovrò passare alla mia ex moglie una barca di soldi. Ma ho trovato un'occasione imperdibile, due appartamenti contigui al prezzo di uno, posso farci casa e ufficio e ho deciso di acquistarli.»

Stirò un mezzo sorriso sbilenco, senza convinzione. «Vita nuova, eh.»

«Vita di merda, signor Pizarro. Ma ora mi parli di sua moglie.»

«Non le ho già detto tutto?»

«Siete andati ad Arenzano per il weekend con l'intenzione di trascorrere una giornata in mare sulla sua barca a vela. Avete preso il largo sabato mattina verso le undici, ma ha cominciato ad alzarsi il vento e all'una e mezzo siete rientrati in porto.»

«Purtroppo a volte le mogli soffrono di cinetosi.»

«Nel pomeriggio l'ha lasciata che prendeva il sole in bikini in coperta e si è recato in paese per fare la spesa, avete cenato sulla tolda, bevuto champagne e trascorso la notte in cuccetta facendo l'amore. Al mattino, quando si è svegliato, la signora era scomparsa. Fila?»

«Si è portata via la borsa con tutti i vestiti», aggiunse. «Ho trascorso la domenica a cercarla, sono tornato a casa e non ho trovato tracce del suo passaggio. L'ho chiamata al telefono fino a tarda notte, ho riprovato ogni mezz'ora, fino alle dieci di questa mattina, ma il cellulare risulta irraggiungibile.»

«Perché non si è rivolto alla polizia?»

«Perché se n'è andata di sua spontanea volontà, approfittando del fatto che avevo bevuto molto e dormivo profondamente. Non le sembra evidente?»

«Può darsi: come andavano le cose fra lei e... come si chiama sua moglie?»

«Myra. È il diminutivo di Miroslava Rostova.»

«Russa?»

«Ucraina. Ci siamo conosciuti nel bar sotto il mio ufficio, in via Balbi. Lei studiava lettere antiche all'università.»

«Da quanto tempo siete sposati?»

Roteò lo sguardo verso il soffitto e fece due conti. «A ottobre sono due anni.»

«Si è laureata?»

«Ma certo, col massimo dei voti.»

Lo disse con fierezza, come se si attribuisse parte del merito.

«Argomento della tesi?»

Altra pausa, questa volta di sconcerto. «Letteratura latina: gli epigrammi erotici di Marziale.»

«Quanti anni vi passate?»

«Tanti, dottor Pagano», rispose con un sorriso in bilico tra imbarazzo e fierezza. «Myra ha venticinque anni e io quasi il doppio.»

«Come si manteneva agli studi?»

«Faceva l'entraîneuse al Gardenia, un night del centro.»

Questa volta fui io a fare una pausa, prima di domandare: «Sospetta che possa esserci di mezzo un altro uomo?».

«Per la differenza di età o perché lavorava in un night club?»

«Perché alle donne sposate succede di innamorarsi di un altro.»

«Lo escludo» replicò secco. «Tra noi le cose andavano a meraviglia, era sempre di buonumore e non faceva che ripetere che non si era mai sentita così felice.»

«E allora come mai...?»

Raffazzonò una faccia spaesata e con aria criptica farfugliò: «Non vorrei che l'avessero costretta».

«Ha appena detto che se n'è andata di sua iniziativa.»

«Sì, ma non si può mai sapere», borbottò senza convinzione

«Sia più preciso.»

«Il mondo al quale l'ho strappata non è esattamente un circolo di galantuomini.»

«E si sarebbero fatti vivi dopo due anni?»

«Lo sanno tutti che il giro dei night è in mano al racket. E se fosse stata risucchiata?»

«Ragione di più per rivolgersi alla polizia.»

La sua reazione mi prese alla sprovvista: agitò il braccio sopra la testa e le dita della mano svolazzarono nell'aria come stelle filanti.

«Dunque a lei fa proprio schifo lavorare!» tuonò in un impeto di indignazione. «Scommetto che, nonostante l'assegno che deve corrispondere a sua moglie, non ne ha nessuna necessità.»

«E io scommetto che, tra noi due, quello che può permettersi di vivere di rendita è lei.»

Atteggiò una faccia ambigua, da mascalzone che si reputa fortunato, ma anche vittima della propria fortuna, e rispose: «Se è per questo io *vivo* di rendita, i soldi che guadagno sono frutto del lavoro degli altri. Ma lei, perché fa tante storie?».

«Per un investigatore privato mettersi in concorrenza con lo stato non è un buon affare. Se sporge denuncia di scomparsa la polizia potrà aiutarla impiegando uomini e mezzi.»

«Non vedo cosa potrebbero fare.»

«La signora possiede un proprio conto corrente, un bancomat o una carta di credito?»

«Naturalmente.»

«Potrebbero rilevare eventuali prelievi bancari e questo faciliterebbe la ricerca.»

Mi riservò un risolino venato, se non di disprezzo, d'una profonda, viscerale insofferenza e rispose: «Dica piuttosto che non ha voglia di impegnarsi in un'indagine così complicata».

Quindi piegò la testa di lato e lanciò uno sguardo avvilito oltre la finestra, sulla cupola e i campanili gemelli di San Pietro in Banchi incorniciati da un cielo opaco, lattiginoso, che sprigionava sui grigi tetti della città vecchia una luce malata.

«Gli uomini che hanno ricostruito questo paese non la pensavano come lei», biascicò con amarezza.

«Non saprei, io l'ho trovato già pronto per essere fatto a pezzi.»

«Lavoravano giorno e notte senza risparmiarsi. Sa quanto hanno impiegato per costruire l'autostrada del Sole, da Milano a Napoli, 760 chilometri, viadotti e gallerie incluse? Otto anni.»

«Un miracolo.»

«Può dirlo forte. Ma avevano un'altra tempra rispetto a noi, erano sostenuti da un'idea e soprattutto amavano l'Italia.»

«Chi le ha dato il mio indirizzo, signor Pizarro?»

Mi rivolse un'occhiata di sufficienza, quasi mi stessi rivelando un deludente inciampo sulla via sacrificale del progresso nazionale. «Leggo regolarmente la cronaca cittadina. Perché me lo domanda?»

«Temo che abbia sbagliato persona: io sono un investigatore privato, non un patriota.»

«Dovremmo sentirci tutti patrioti, non crede?»

«Fortunato il paese che non ha bisogno di patrioti.»

Gli scappò uno sbuffo di riso che non fece niente per trattenere, forse cercava di recuperare uno straccio di complicità. «Io sapevo degli eroi...»

«Se vuole aggiungo anche martiri e santi.»

«Il suo cinismo mi trova in totale disaccordo», replicò facendosi serio. «Ma ha ragione: non siamo qui per discutere dei massimi sistemi. Dunque, accetta di cercare la mia Myra?»

«Le costerà un botto e io in cambio non posso assicurarle niente.»

«I soldi non sono un problema», ribatté virando poi su un tono querulo, irritante. «Faccia il possibile per ritrovarla, la prego. Mi sono lasciato prendere la mano e le ho anche mentito: in realtà ho seguito le sue indagini e so che non si tira indietro, neanche quando c'è da rischiare la pelle.»

«È quello che pensa anche mia moglie, per questo ha chiesto la separazione e mi impedisce di vedere mia figlia.»

Liberò un sorriso soddisfatto, come se quelle parole fossero la conferma del mio bluff, e borbottò: «A proposito di martiri ed eroi, eh?».

Gliel'avevo servita su un piatto d'argento.

Non mi restava che fargli firmare il contratto e chiedere una fotografia della signora Pizarro.

2.
LASCIVAM TOTA POSSEDI NOCTE PUELLAM

I night club sono locali carichi di misteri, primo fra tutti quale sia la ragione che li rende così allettanti agli occhi dei loro clienti. Una spiegazione plausibile potrebbe essere quella della saggezza popolare che mette in guardia dal potere distruttivo di Bacco e Venere, il richiamo trascinante dell'alcol e del sesso. Il *core business* dei locali notturni consiste infatti nel somministrare all'avventore, debitamente mandato su di giri da un iperinvestimento erotico della vista, quante più bevande alcoliche possibile, fino al limite imposto dal deterrente dell'ubriachezza molesta, a costo maggiorato non dalla qualità del prodotto ma dal fatto di essere servite da gentili cameriere tanto discinte quanto intoccabili. Perché s'intende che *guardare e non toccare* resta la regola aurea che distingue un night club rispettabile da un bordello.

Quando si entra in posti come il Gardenia, dove la musica dal vivo è rimpiazzata dalle stravaganze di un attempato deejay conciato come un rockettaro che ha svenduto la chitarra elettrica in cambio d'un flacone di amfetamine, il sospetto è che il loro appeal risieda nella propensione maschile a giocare con il senso del limite. Lo scopo è ammirare senza rimorchiare ed eccitarsi senza concludere, godendo della propria capacità di controllo su una virilità assicurata come i gioielli della Corona.

«Che c'entra il sesso? È tutto così *poetico*», mi disse una volta un frequentatore di locali notturni dall'aspetto vagamente dandy che era capitato nel mio ufficio perché si sentiva perseguitato da improbabili servizi segreti collusi con la moglie. A me fece venire in mente quel brufoloso compagno di liceo che ogni mese comprava «Playboy», la patinata rivista erotica fondata da Hugh Hefner, sostenendo che a spingerlo erano gli articoli *così interessanti* che contrappuntavano le esplosive fotografie di ragazze nude a tutta pagina.

Di night club in città ne erano rimasti pochissimi e anche quelli davano l'impressione di essere alla canna del gas; alcuni di antica data e dubbia fama, situati in via Gramsci e nell'angiporto di Sampierdarena, e qualcuno più cool a levante, nella zona della Foce. Il Gardenia era fra questi e si distingueva per i frequenti cambi di nome e proprietà.

Quando entrai era quasi mezzanotte. La temperatura era gradevole e le luci soffuse ispiravano un senso di tranquilla intimità, ma la musica lounge che saturava l'ambiente era così zuccherosa da far rischiare il diabete; i tavoli erano occupati da una decina di clienti di mezz'età che vestivano di un'eleganza appariscente e pacchiana e dovevano essere già ben carichi perché berciavano in una qualche lingua slava, russo o forse bulgaro. Due ragazze molto alte e molto bionde, quasi sicuramente dell'Europa dell'Est, con scollature impegnative, minigonne da tennista, calze a rete e tacco dodici volteggiavano loro intorno con l'aria malinconica di predatori a corto di aspettative.

Puntai dritto al bancone dove un giovane cameriere abbronzatissimo, gilet nero e camicia bianca alla coreana che conteneva a stento una muscolatura da culturista, mi squadrò da capo a piedi mostrando di non apprezzare il mio look troppo dimesso, pullover e jeans, anche se la polo era una Lacoste mélange che mi era costata una fortuna.

Mi appollaiai sullo sgabello, ordinai un Martini e chiesi del direttore.

«Forse è occupato», rispose accingendosi a preparare il cocktail. «Chi devo dire?»

«Sono un investigatore privato e sto cercando Myra.»

«Myra?» ripeté senza guardarmi, mentre rovesciava i cubetti di ghiaccio nel mixer.

«La signora Miroslava Rostova: ha lavorato qui fino a due anni fa. La conosce?»

«Sono arrivato il mese scorso», disse con voce neutrale. «Ha qualche preferenza per il gin?»

La bottiglia azzurra era lì, in bella vista. «Vada per il Bombay.»

Si destreggiava con rapidità e maestria: innaffiò il ghiaccio con mezza oncia di Martini dry, miscelò e gettò il vermut nel lavello, quindi versò una generosa dose di gin, tornò a miscelare e travasò il Bombay così aromatizzato nella classica coppetta. Guarnì con una scorza di limone e servì su un tovagliolo rosso, insieme a una ciotola di noccioline.

Assaporai il primo sorso e commentai: «Lavora qui da un mese?».

«Esatto», confermò.

«Hanno fatto un ottimo affare ad assumerla. Questo Martini è perfetto.»

«Grazie, signore», rispose trattenendo un sorriso compiaciuto.

Girò sui tacchi e fece la chiamata usando il cordless sistemato sullo scaffale alle sue spalle, in mezzo a una selva di bottiglie di varie fogge, marche e colori. Parlava sottovoce e non riuscii ad afferrare neanche una parola, ma lo scambio fu fulmineo e, dopo pochi secondi, ripose l'apparecchio. Quando tornò a guardarmi si era rifatto serio e compunto e disse: «Il direttore arriva subito».

Raccolsi una manciata di noccioline, ingollai un secondo sorso e tornai a guardarmi intorno. Ora le cameriere si erano accostate a uno dei tavoli e parlavano sciolto con i tre avventori nella loro stessa lingua. Sul ripiano languiva una bottiglia vuota di champagne e gli slavi ne chiesero a gran voce una seconda. Intanto non lesinavano occhiate ed espressioni cariche di ammirazione per le curve delle ragazze, a cui il costume succinto conferiva un vistoso risalto. In quel preciso momento, complici forse i primi fumi del Martini, da remote plaghe della memoria emerse l'incipit d'una poesia latina:

Lascivam tota possedi nocte puellam,
cuius nequitias vincere nemo potest.

Erano versi del repertorio proibito di Marziale, quello introvabile nelle antologie del liceo, che noi studenti in festosa tempesta ormonale scovavamo in libretti che circolavano semiclandestini e traducevamo d'acchito, senza neanche consultare il vocabolario. Quando si dice che l'istinto stimola la conoscenza. Gli stessi versi a cui la signora Pizarro aveva dedicato la propria tesi di laurea e che sembravano scritti apposta per il mio cliente: «Per tutta la notte ho posseduto una fanciulla lasciva, la cui cattiveria nessuno può superare».

E fu così, osservando i corpi flessuosi di due giovani entraîneuse del Gardenia, che la bella Miroslava Rostova si materializzò nella mia immaginazione. A rendere più vivido il quadro contribuiva la fotografia a colori che il marito mi aveva fornito per cercarla e che li ritraeva insieme sulla barca dalla quale era fuggita di nascosto la domenica mattina. Indossavano entrambi k-way e bermuda, il vento agitava i lunghi, biondi e lisci capelli di lei, ne scompigliava la frangetta, e rendeva impressionante la somiglianza con un mito erotico degli anni Sessanta, la cantante bulgaro-francese Sylvie Vartan, micidiale cocktail di candore e sfrontatezza parigina.

Myra esibiva una corporatura minuta, un viso dall'ovale perfetto che presentava tratti infantili e insieme sensuali, occhi castani leggermente obliqui, l'incarnato chiaro e perfino la marcata cesura fra gli incisivi anteriori che erano la caratteristica della reginetta dello yé-yé.

Cosa poteva avere spinto una giovane esule del disastro postcomunista a sposare un uomo come Pizarro lo raccontava la malcelata mestizia con cui le due conigliette si affannavano intorno ai tre ubriachi arrapati: dovevano elargire sorrisi ammiccanti e fasulla compiacenza prima che quelli si pentissero di aver ordinato una bottiglia di champagne tanto costoso quanto scadente.

Ero assorto in questi pensieri quando una voce dal piglio militaresco e dal marcato accento meridionale risuonò alle mie spalle richiamando la mia attenzione.

«Sono il direttore, ha chiesto di me?»

Mi voltai e vidi un ometto alto forse un metro e sessanta, dalla corporatura clamorosamente insufficiente per dirigere dipendenti aitanti come le stangone slave e il marcantonio del bar.

«Buonasera», risposi, rimarcando una elementare regola del galateo.

«Buonasera», convenne. «Il mio nome è Nicola Zerillo.»

Non sembrava morire dalla voglia di parlarmi.

Avrà avuto cinquant'anni, la testa grossa, sproporzionata e liscia come una palla da biliardo, un volto disarmonico e rincagnato dove spiccavano due baffetti alla Clark Gable e folte sopracciglia nere. Indossava un completo di lino chiaro e una camicia fantasia, gli mancavano solo il panama e un bastone col pomolo di avorio per sembrare un turista americano in vacanza ai Tropici.

«Mi chiamo Bacci Pagano», mi presentai tendendogli la mano. «Sono un investigatore privato e vorrei farle qualche domanda. Può dedicarmi dieci minuti?»

Assentì e, dopo aver ricambiato svogliatamente la stretta, mi invitò a seguirlo.

«Roy, portami uno scotch con ghiaccio per favore», disse rivolto al barman. «Posso offrire qualcosa?»

«Grazie, sono a posto», risposi mentre lo seguivo al tavolo reggendo la coppetta del Martini.

Quando fummo seduti venne subito al sodo, si capiva che non aveva tempo da perdere. «Dunque sta cercando Myra.»

«So che ha lavorato qui fino a due anni fa.»

«Perché la cerca?»

«Preferirei non parlarne, sono vincolato dal segreto professionale.»

Sollevò le sopracciglia ostentando uno scetticismo che dal suo punto di vista era più che giustificato.

«Ha incontrato un uomo di mezza età e ci ha dato il benservito. Credo che si siano sposati. Deve essersi sistemata bene, il tipo sembrava piuttosto facoltoso.»

«Lo ha conosciuto?»

«Non proprio, per qualche mese è venuto qui tutte le sere e, dopo averla aspettata fuori nella sua Mercedes cabrio, entrava, si accomodava e ordinava una bottiglia di Cristal. Si vedeva che era innamorato perso. Del resto, non si può dargli torto: Myra è una bomba, in tutti i sensi.»

«Comincio a pensarlo anch'io.»

«La gente comune è piena di pregiudizi riguardo alle entraîneuse. Le ritiene delle poco di buono e delle sprovvedute solo perché servono ai tavoli più svestite delle comuni cameriere, ma è un cliché che non risponde affatto alla realtà.»

Roy arrivò e scivolò via come un surfista sull'onda della musica, dopo aver depositato il whisky sul tavolo con la leggerezza d'una farfalla.

«Per lo più si tratta di giovani intelligenti che hanno trovato il coraggio di lasciare il proprio paese in cerca di migliori opportunità», proseguì il direttore. «Parlano diverse lingue – l'italiano e l'inglese, oltre alla lingua madre – e generalmente sono persone determinate e indipendenti. Il fatto di essere anche belle e che gli uomini trovino il loro corpo desiderabile non significa che non posseggano una testa e siano incapaci di usarla.»

«Se è così che la pensa, le sue sottoposte là vedranno come un leader. Ha mai pensato di fondare un sindacato?»

Il volto si indurì e il tono da didascalico si fece beffardo: «Vedo che anche lei è prigioniero dei pregiudizi».

«Al contrario: sono convinto che per destreggiarsi con materiale infiammabile come il desiderio maschile caricato dall'alcol, ci vogliano sensibilità e intelligenza. So anche che Myra studiava lettere classiche all'università.»

«Era figlia unica di un professore universitario e di un'archeologa di Kiev, dove aveva frequentato le scuole superiori. Nella borsa aveva sempre un libro e nei tempi morti, prima che arrivassero i clienti, si sedeva in disparte e cominciava a leggere. Una sera mi ha detto che dopo il disastro di Černobyl' è stata la sua famiglia a spingerla a lasciare l'Ucraina e venire in Occidente. Dovevano godere di conoscenze di peso nell'apparato del partito, del resto erano entrambi accademici d'una certa importanza.»

«Sapevano che per mantenersi lavorava qui?»

«Non so, non gliel'ho mai chiesto», replicò con una punta di irritazione. «Domandi alla ragazza che abitava con lei, forse tra loro si facevano certe confidenze. Si chiama Paula Pataki ed è una delle nostre veterane.»

Fece una pausa e aggiunse acido: «Viene dall'Ungheria ed è figlia di contadini. Il nostro è un ambiente molto democratico».

«Come era Myra con gli avventori?»

Bevve un sorso e si strinse nelle spalle. «Irreprensibile, come le altre. Scoraggiamo vivamente le ragazze dall'intrattenere rapporti confidenziali con i clienti. Quando mi accorsi che aveva iniziato una relazione con quell'uomo la presi da parte e le chiesi cosa stesse succedendo. Fu allora che mi comunicò che il tizio aveva intenzioni serie e che si sarebbe licenziata. Le confesso che la cosa mi dispiacque, perché oltre a essere una bellezza particolare, Myra aveva una marcia in più: era seducente senza farlo apposta e non assumeva mai pose o atteggiamenti intriganti. Era *professionale*, contagiava gli uomini col suo fascino e al tempo stesso manteneva rigorosamente le distanze. Si tratta di una qualità che richiede esperienza e maturità, e si acquisisce con gli anni, ma a lei riusciva spontanea, naturale.»

Pensai all'argomento della sua tesi di laurea e commentai: «Forse le era di aiuto la letteratura».

Il direttore non colse l'allusione e si limitò a borbottare: «Può darsi, era una ragazza assai colta».

Finì di scolare il suo whisky. In lui si avvertiva l'urgenza di liquidarmi, per non dire di cacciarmi a calci in culo, anche se qualcosa sembrava trattenerlo.

Ne approfittai per domandare: «Per quanto tempo Myra ha lavorato qui?».

«Tre anni e mezzo. È arrivata al principio del 1989 e nell'estate del 1992 ci ha lasciati».

«Le ho rubato anche troppo tempo, signor...»

«Aspetti», disse manifestando una sottile apprensione, quasi lo rodesse un dubbio che non lo avrebbe lasciato dormire sereno. «Posso almeno sapere cosa sta succedendo? Non le sarà capitato qualcosa.»

«Spero di no. È scomparsa da due giorni.»

«Che vuol dire *scomparsa*?»

«Al contrario di quanto ha fatto qui, se n'è andata senza preavviso e senza lasciare un biglietto di spiegazioni.»

«Ha mollato il marito?»

«È quello che ci auguriamo, no?»

«Non certo lui», ribatté e gli sfuggì un sorriso venato di malignità. «Le ho detto quanto era innamorato.»

«Dove posso trovare Paula Pataki?» domandai alzandomi in piedi.

«Oggi non è di turno. Chieda a Roy, le darà l'indirizzo.»

Mi strinse la mano, questa volta con energia, e aggiunse: «S'intende che questa sera è nostro ospite».

3.
PAULA

Attraversare in Vespa il ponente genovese, da Sampierdarena a Multedo, era compiere un viaggio nel tempo prima che nello spazio, incunearsi nella città perduta dove i vuoti lasciati dalla smobilitazione industriale erano ferite ancora aperte che sanguinavano, edifici fatiscenti di fabbriche dismesse che presto avrebbero cessato di essere nobilitati anche dalla memoria, perché in quegli anni l'unica cicatrizzazione possibile sembrava l'oblio.

I fumi ferrosi delle acciaierie di Cornigliano, la tecnologia d'eccellenza del biomedicale in via Siffredi e il cantiere navale di Sestri rimanevano le ultime testimonianze vive a presidiare il cimitero della storia, sacrario d'un passato glorioso destinato a essere archiviato per sempre, insieme al grido composto d'una classe operaia che aveva segnato un'epoca prima di venire inghiottita dalla meritata e confortevole tana del pensionamento anticipato.

Paula Pataki abitava in fondo a via Merano, là dove un tempo erano allineati i grandi stabilimenti dell'Ansaldo, in un pretenzioso palazzone anteguerra con i poggioli cariati e la facciata scurita dallo smog. Venne ad aprirmi trafelata, con addosso una vestaglia di seta a fiori che lasciava poco spazio all'immaginazione.

Al telefono, appena pronunciato il nome di Myra, avevo percepito nella sua voce un sussulto, una specie di tremore che forse era sorpresa o forse preoccupazione.

L'avevo chiamata il martedì mattina, giorno successivo alla visita al Gardenia, e si era mostrata così ansiosa di incontrarmi che alle due del pomeriggio mi trovavo già in casa sua, investito dal profumo di sandalo che esalava dal suo corpo.

Paula era una bella donna che aveva varcato la soglia dei trent'anni senza motivo di pentirsene. Anche così, struccata e in déshabillé, conservava intatta la luminosa bellezza d'una perenne giovinezza, a cui si accompagnava l'acquisita sicurezza che traspariva dal modo di guardare gli altri, dritto negli occhi senza alcuna soggezione, dalla spontaneità dei gesti, liberi da qualunque imbarazzo o posa, e da un eloquio corretto e fluente che esprimeva esattamente quello che intendeva comunicare. Aveva i capelli neri tagliati corti che ricordavano certe acconciature degli anni Venti, occhi verdi penetranti e labbra morbide la cui piega manifestava con genuina immediatezza le sue emozioni.

Mi fece accomodare nel salotto della casa dove aveva vissuto con Myra prima che l'amica convolasse a nozze con il mio cliente. L'appartamento era arredato con un marcato stile rétro e ricordava l'abitazione in disarmo d'una anziana signora dai gusti piccolo-borghesi; vi si respirava aria di vecchio e di stantio, nonostante le finestre fossero tutte spalancate. Le persiane erano socchiuse e il salotto era calato in una cupa penombra che trasmetteva un vago senso di claustrofobia. Spiccavano le polverose tende con la riloga, un piccolo sofà in tessuto di ciniglia dal colore sbiadito, indefinibile, una vetrina anni Sessanta con dentro numerosi bicchieri male assortiti, una malandata poltrona di pelle color testa di moro e una vecchia tappezzeria a fiori che risaliva agli anni in cui andava di moda rivestire le camere con la carta da parati.

Si intuiva che l'alloggio era stato affittato già arredato e i padroni di casa dovevano aver lasciato i pezzi meno pregiati e assemblato alla meglio il mobilio strettamente necessario. Ispirava il senso di precarietà d'un ricovero di fortuna dove rifugiarsi solo per dormire, e si capiva che Paula non aveva alcun interesse a renderlo più attraente e confortevole, se non per un televisore di ultima generazione, sistemato su un carrello di fronte al divano, che doveva essere il solo pezzo di sua proprietà.

Mi fece accomodare sulla poltrona e domandò: «Ha pranzato?».

Alla mia risposta affermativa, senza lasciarmi il tempo di ribattere, disse: «Allora faccio caffè e noi prendiamo insieme».

Non c'era niente di malizioso in lei, sembrava solo avere fretta di parlare della sua ex collega, della cui scomparsa le avevo detto al telefono.

Quando tornò dalla cucina reggeva un vassoio di plastica con la moka, le tazze e lo zucchero. Lo appoggiò sul pavimento di graniglia, versò e servì il caffè, e prese posto sul divano, accavallando in bella vista un paio di gambe toniche e appena colorite d'una leggera abbronzatura. In trasparenza si scorgeva un paio di mutandine nere, non portava il reggiseno e le grandi, floride mammelle premevano contro il tessuto della vestaglia lasciando intravvedere il picciolo dei capezzoli. Eppure, si muoveva con disinvoltura, del tutto incurante dell'effetto che quel bendiddio, così esposto en plein air, potesse produrre su uno sconosciuto.

«Ha notizie di Myra?» domandò.

«Purtroppo no», risposi. «Spero che lei possa essermi di aiuto.»

Sollevò il piattino con la tazza e provò a sorseggiare il caffè. Era bollente e, dopo essersi scottata, corrugò le sopracciglia e prese a soffiarci sopra. Quel gesto aveva qualcosa di infantile e mi intenerì.

«Non ci sentiamo da più di un anno», disse. «Ha vissuto qui fino al giorno di suo matrimonio. Ho tanti ricordi belli di quel tempo. Myra è una persona speciale.»

«E dopo?»

«Abbiamo continuato a frequentarci, anche se...» Non trovava la parola e fece un gesto con la mano, dall'alto verso il basso.

«Meno di frequente?» suggerii.

Annuì e riprese: «Ha voluto me testimone di nozze e quando è tornata da luna di miele in Stati Uniti ci vedevamo almeno una volta a settimana. Capitava che, quando Carlo era a lavoro, mi invitava a pranzo, in sua meravigliosa casa su passeggiata di Nervi, altre volte veniva qui, ma più spesso ci incontravamo fuori, in centro. A Myra piaceva fare shopping e ogni volta insisteva per regalarmi qualcosa, una camicetta, una sciarpa, a Natale perfino un tailleur».

«La coppia non l'ha mai invitata a cena?»

«Io di sera lavoro, e poi era normale che preferivano stare

soli, succede a giovani sposi, no? Presto però lei ha cominciato a dire che aveva impegni con università e non poteva uscire, allora ho capito che non aveva tempo per me e non ho più disturbato.»

«Le sembrava felice?»

«Nei primi tempi sì, era felice. Sua vita era cambiata, poteva spendere tanti soldi, Carlo è generoso, ma a lei non piaceva approfittare. Era interessata soprattutto a libri e mi teneva ore nelle librerie. Lei era diversa da altre donne che ho conosciuto. Anche se aveva sei anni meno di me, era matura, aveva idee chiare su futuro e, anche quando abitava qui, ogni giorno puntava sveglia per studiare, anche domenica, e non ha mai mancato un esame o una lezione. Qualche volta succedeva che finiva a Gardenia alle sei di mattina e dopo doccia e correva in università. La sua ambizione era insegnare, diventare professore come suo padre.»

«Di cosa si occupava suo padre?»

«Storia di popoli antichi: babilonesi, greci, romani. A università di Kiev. Ma quando Myra è nata lui era già vecchio, quasi in pensione.»

«E la madre? Il signor Zerillo mi ha riferito che faceva l'archeologa.»

«Lavora a ministero di Cultura ed è molto più giovane di marito.»

Dunque Myra, sposando il mio cliente, aveva ripercorso le orme materne.

«Suo padre e sua madre erano persone importanti in Ucraina comunista e sono riusciti a ottenere per figlia permesso di venire a studiare in Italia.»

«Perché è venuta a Genova e non si è stabilita a Roma?»

«Suo padre conosceva professoressa di lettere classiche che ha trovato a Myra posto in ostello di gioventù. Purtroppo, donna era vecchia e malata e appena Myra arrivata è morta.»

«Quando Myra abitava qui con lei, sentiva i suoi genitori?»

«Lei era legata a sua famiglia. Telefonava ogni settimana e parlava con mamma.»

«Li ha conosciuti?»

«Sono venuti per matrimonio e si sono fermati cinque giorni, ma stavano in albergo e lei non ha portato qui a casa. Ho conosciuto loro in chiesa e a pranzo di nozze.»

C'era una domanda che mi ballava sulla lingua, una domanda scomoda che poteva suonare irriguardosa. Formulandola avevo il timore che Paula si offendesse e – per usare le parole del suo capo – mi considerasse *prigioniero dei pregiudizi*, e allora la presi alla larga: «Mi scusi se glielo chiedo, ma potrebbe essere importante per l'indagine: i genitori sapevano che Myra lavorava in un night?».

Esitò a rispondere e s'incupì. Poi scosse bruscamente la testa e disse aspra: «Non so se sapevano. Non ho mai chiesto. Non sento mia famiglia da anni e per me non è problema. Perché è così importante?».

«Myra potrebbe essere tornata a casa.»

Era quanto bastò per ammansire la sua rabbia.

«Non abbiamo mai parlato di questo», disse virando su un tono più conciliante. «Ma di una cosa sono sicura: lei si è sposata anche per lasciare Gardenia.»

«Non si trovava bene?»

Scrollò le spalle e le sfuggì un sorriso amaro. «Ci sono lavori migliori. Ma non era questo. Lei si sentiva vicina a sua famiglia e, forse, se loro sapevano non erano contenti.»

«Crede che si sia sposata per amore?»

«Carlo ha vent'anni più che Myra e non è Patrick Swayze», disse guardandosi le unghie. «Ma è ricco e garantisce a lei buona vita.»

«Quindi non l'ha fatto per amore.»

«Sicuro non era innamorata quanto lui.»

«Ha detto che in principio sembrava felice. E dopo?»

Aveva finito il caffè, ma continuava a reggere piattino e tazza tutta assorbita dalla conversazione. Di colpo si decise a riporli nel vassoio sul pavimento, socchiuse appena le palpebre e tirò un lungo respiro.

«Senta, signor...» attaccò.

Non ricordava il mio nome.

«Pagano.»

Compresi che stava per spararla grossa e mi misi in allerta.

«Ascolti», riprese, «mia amica è scomparsa e io prego Dio

che non le è successo niente, ma se non è così, se invece...» Gli occhi scintillarono, stavano facendosi lucidi. «Lei capisce, io non voglio fare male a nessuno. Quale diritto ho di immischiarmi in sua vita, io non sento Myra da due anni, e non significo niente per lei...»

«Chi teme di danneggiare?»

Scrollò di nuovo le spalle e tirò su col naso. Aveva smesso di guardarmi, ora fissava un punto indefinito della tappezzeria e teneva le braccia distese fra le gambe, tormentandosi le mani. Sembrava lottare con sé stessa, in preda a una rabbia confusa, una rabbia rivolta contro la propria persona, le proprie paure, quasi si sentisse responsabile di quello che avrebbe potuto accadere alla sua amica.

Ripetei la domanda: «Chi teme di danneggiare, Paula?».

Si scosse e disse: «Quando lei ha smesso di vedere me, ho pensato... ma è solo un'impressione, forse adesso sono tanto preoccupata e parlo a vanvera...».

«Vada avanti, la prego. Qualunque dettaglio potrebbe essere importante.»

«...ho pensato che a Carlo nostri incontri non facevano piacere.»

Con un gesto scomposto si ravviò i capelli. Non sapeva dove tenere le mani.

«Durante nostre uscite, dopo matrimonio, aveva detto qualcosa, frasi buttate lì, davanti a cappuccino, ma io non avevo dato importanza. Un giorno a casa sua, durante pranzo, si è scusata perché quando ci incontravamo Carlo non c'era mai, e ha detto che lui era fatto così, voleva lei tutta per sé...»

«Era geloso?»

«No, non ha parlato di gelosia.»

«C'erano di mezzo altri uomini?»

«Altri uomini? No no no», disse scuotendo il capo e spalancando i grandi occhi verdi. «Myra non è tipo che tradisce marito.»

«E prima di conoscere Carlo, c'è stato qualcuno?»

«C'era Armando, ma lui era come fratello.»

«Mi parli di questo Armando.»

«Myra ha conosciuto lui appena arrivata in Italia. Armando

è artista di strada, suona chitarra e vive di elemosina. Una volta è venuto a pranzo qui per Natale, invitato da lei, è simpatico e intelligente, ma è gay e non guarda donne.»

«Sa dove vive?»

«Suona in strada in centro, vicino a duomo, ma non so dove abita. Ricordo che Myra, qualche mese prima di matrimonio, ha detto che lui aveva cominciato relazione con altro uomo e andava ad abitare da lui, ma non ha detto altro. Però deve essere andata così perché non abbiamo più avuto notizie.» Fece una pausa e aggiunse, amara: «Chissà perché, quando trovano anima gemella tutti quanti spariscono».

«Ricorda il cognome di questo Armando?»

Fece no con la testa. «Myra non mi ha detto, forse neppure sapeva. So che veniva da Italia del Sud, parlava di una città con case costruite nei sassi.»

«Matera?»

«Proprio quella!» confermò.

Sembrava che aiutarmi le procurasse una certa soddisfazione e decisi di approfittarne, riprendendo l'argomento.

«Myra era giovane e bella, possibile che non si vedesse con nessuno?»

«È successo una volta, appena trasferita qui: è arrivata a casa con *kis szakáll*, come dite voi? *Pivello?* Compagno conosciuto a lezione, in università. Credeva che ero a lavorare e c'è rimasta male. Ha fatto presentazioni e sono andati subito via. Lei piaceva a ragazzi, ma lei non era tanto interessata. Myra è dolce, ha buon carattere, ma l'amore non è suo primo pensiero. Ha molti interessi e sua vita è ricca così. Io la invidio per questo.»

«Però Carlo l'ha sposato.»

«Con lui è stato diverso, Carlo voleva lei a tutti i costi e ha fatto corte spietata. Dopo che l'ha vista per prima volta, ogni sera, per due mesi, aspettava davanti a Gardenia e quando lei arrivava lui entrava e occupava suo tavolo.»

«Non l'ha conosciuta in un bar vicino all'università?»

Si fece una risata di cuore, che scoprì una dentatura luminosa, perfetta. Aveva una bocca adorabile. «Un bar vicino a università? Oh, no! È venuto una sera con colleghi a night e l'ha vista. E da allora non l'ha più mollata.»

Ma allora perché Pizarro mi aveva raccontato di avere conosciuto Myra in via Balbi?

«E secondo lei, dopo averla sposata, ha cominciato a fare pressioni perché smetteste di vedervi?»

«Questo ho pensato, ma forse sbagliavo.»

«Myra negava che fosse geloso?»

«Lui era possessivo, ma in modo strano.»

«Si spieghi meglio.»

«Non era geloso di me, di clienti di night, e nemmeno di compagni e professori di università.»

«E dunque?»

Portò le mani davanti al viso e agitò le dita, a indicare quanto fosse difficile esprimere l'idea. «Forse... era geloso di quello che era *lei.*»

«Non capisco.»

«Myra era bella, era intelligente e sapeva quello che voleva. Io credo che Carlo pativa sua forza.»

Mi soffermai a riflettere e intanto la osservavo in silenzio. Anche Paula era bella, eccome, e intelligente al punto di deviare la mia attenzione dall'ingombro del suo corpo appena velato, che esibiva con la noncuranza di una naturista un po' distratta.

Mi chiesi se tale imperturbabilità non fosse una sorta di callo, la corazza che le permetteva di aggirarsi con nonchalance tra i tavoli del Gardenia bersagliata dagli sguardi degli avventori pompati dall'alcol che frugavano tra le sue forme come bambini attempati nella cesta dei giocattoli. Ripensai alle parole del direttore riguardo a Myra, seducente e priva di malizia, oggetto d'un desiderio che non faceva niente per attizzare.

Al momento di congedarmi, sulla porta dell'appartamento, dopo avermi pregato di tenerla informata sull'indagine passò bruscamente al tu e disse qualcosa che mi colpì. Forse era la sua risposta alla domanda che non avevo formulato, ma che mi aveva letto negli occhi.

«Ciao, signor Pagano», sussurrò guardandomi da sotto in su, quasi imbarazzata. «Sono contenta che tu cerchi Myra.»

«Contenta?» chiesi sorpreso. «Perché?»

«Non so perché, ma tu sei brava persona. Lei merita d'essere cercata da uno come te.»

Era la conferma di quanto teneva a Myra e dello scompiglio creato dalla notizia della sua scomparsa.

Mentre scendevo le scale mi tornò in mente il suo capo, il piccolo signor Zerillo, e mi dissi che, a volte, anche il direttore d'un locale notturno può apprezzare qualcosa che non gli è dato vendere, né sfruttare a scopo di lucro, come l'anima delle sue ragazze.

4.
IRRESISTIBILMENTE

Con atto autenticato dal notaio Merelli l'appartamento di via del Colle era venduto. L'aveva acquistato un giornalista di Pegli fresco di pensione che, dopo quarant'anni trascorsi lavorando al «Corriere» a Milano, aveva deciso di tornare con la moglie nella sua città d'origine. I figli, un maschio e una femmina, erano entrambi sposati con prole e vivevano uno in Germania e l'altra in Australia e non avevano bisogno dei genitori più di quanto ne avessero di un'affidabile baby-sitter. Per me non era stato facile lasciare quella casa, dopo quasi quarant'anni, anche se l'agente immobiliare mi aveva raccomandato di vendere perché l'offerta era decisamente *molto, molto interessante.*

C'ero cresciuto in quel vecchio palazzo popolare accostato alle mura del Barbarossa. I miei genitori si erano trasferiti lì a metà degli anni Cinquanta, subito dopo la mia nascita, lasciando l'appartamento di via dei Servi dove sono nato e del quale non conservo alcun ricordo perché l'edificio, la strada e l'intero quartiere della Marina erano stati rasi al suolo dalle ruspe per fare posto al centro direzionale di Carignano, un mostro urbanistico da fare accapponare la pelle.

Alla famiglia Pagano serviva un appartamento più grande, c'era bisogno di spazio per accogliere il sottoscritto appena venuto al mondo, nonché il padre di mia madre, il nonno Baciccia, che rimasto vedovo aveva una gran voglia di trascorrere del tempo con suo nipote. Per me è stata una botta di fortuna, il nonno è stato un maestro di vita e ha tamponato le falle di una coppia di genitori che era uscita dalla guerra con le ossa rotte e un groviglio di nodi destinati a non essere mai sciolti.

Tracce di tutti quegli anni, sotto forma di suppellettili, pezzi d'arredamento, libri, lettere e perfino un cappello, un vecchio Borsalino appartenuto a mio padre, erano disseminate nella casa e aspettavano solo di sottomettersi alla mia irrevocabile decisione: sarebbero finite in uno scatolone per seguirmi in stradone Sant'Agostino o erano destinati a scomparire nel cassonetto della rumenta e nel buco nero dell'oblio?

Questa è l'essenza d'un trasloco, e spiega la fatica che ne deriva: decidere dieci, cinquanta, cento volte in un giorno di quale dettaglio della propria vita sbarazzarsi e quale conservare, mantenendo con esso una frequentazione più o meno assidua; cosa resterà familiare, aggrappato alla consuetudine della quotidianità, e cosa verrà cancellato per sempre. Perché nei dettagli, anche i più minuti, si annida non solo il diavolo, ma anche il sentimento che ci lega alle persone che amiamo, quelli che sono ancora in vita e quelli che non ci sono più.

Così, dopo avere incontrato Paula Pataki, quella sera di maggio del 1994 mi ritrovavo seduto in terra sul pavimento di graniglia dell'appartamento di via del Colle, come avevo fatto da piccolo giocando con mio nonno, circondato da frammenti di memoria sospesi nel limbo che fa da spartiacque tra passato e futuro. Ogni scatolone sigillato con lo scotch da pacchi era un pegno di fedeltà alla mia storia, un tributo pagato alla ditta dei traslochi per garantire il senso di continuità della mia esistenza.

Fu in quel frangente che mi accorsi quanto il tempo finisca per stingere l'impatto dei ricordi, diluendo il dolore e sfumando il contorno di cose e persone a mano a mano che si allontanano negli anni. Trovare in un armadio il Borsalino di mio padre mi aveva procurato un tuffo al cuore, e non c'era dubbio che quel cappello antiquato mi avrebbe seguito nella nuova casa. Ma la fitta più acuta arrivò quando mi imbattei in una sfera di plastica rossa, alta una quarantina di centimetri, che da qualche anno languiva dimenticata in cima a un ripiano della dispensa. Quella palla era servita a mia figlia come appoggio nei suoi primi tentativi di camminare da sola. Perché il pavimento della casa di via del Colle aveva conosciuto non solo i primi, incerti passi dell'incauto percorso della mia vita, ma anche quelli della piccola Aglaja. E i brandelli della mia infanzia remota, non so quanto felice, si andavano rimescolando con quelli recenti che avevo sperimentato come padre di una bambina che non mi era permesso di frequentare. Il pensiero mi procurava un dolore che partiva da sotto lo sterno, si irradiava allo stomaco e alla gola e tingeva di nero ogni possibile prospettiva sull'avvenire.

Non avrei parlato con mia figlia per chissà quanti anni, questo aveva deciso il giudice, e la sua crescita si sarebbe compiuta lontano da me, senza di me. La mia vita non era più la stessa, non lo sarebbe mai più stata; ora mi sentivo spaesato e i due appartamenti contigui di stradone Sant'Agostino, quello di sei vani dove sarei andato ad abitare e il bilocale con bagno che avevo progettato di adibire a ufficio – un'occasione da non lasciarsi *assolutamente* sfuggire, sempre secondo l'agente immobiliare – mi sembravano estranei e impersonali come una camera di albergo.

Mi sentivo soffocare. Andai alla finestra, la spalancai, quindi caricai e accesi la pipa. La notte mi si fece incontro con il muro di cemento del centro direzionale costruito sulle rovine del rione che mi aveva visto nascere. La plaga dei giardini di plastica, dove si aggirava qualche tossico in cerca dello spacciatore di turno, e l'ombra scura, inquieta d'un cane in procinto di depositare i suoi bisogni, faceva rimpiangere di vivere in quegli anni.

Avevo venduto bene l'appartamento perché, dopo le Colombiane, il restyling della città vecchia aveva fatto lievitare i prezzi delle case e le «persone normali» – insegnanti, assicuratori, bancari, impiegati delle poste e venditori di accessori per la casa – avevano abbandonato l'idea che il centro storico fosse un postaccio da lasciare a ladri, puttane e spacciatori; la nuova casbah degli immigrati clandestini stava riscoprendo la magnificenza dei palazzi dei Rolli, i vicoli della miseria e del degrado si andavano animando della movida alcolica del fine settimana e si cominciava a pensare che vivere in centro non fosse poi così male. L'area dell'Expo, inventata dall'archistar Renzo Piano, aveva restituito ai genovesi un pezzo del vecchio porto commerciale, la città possedeva finalmente una ferrovia metropolitana e la pedonalizzazione di Caricamento e San Lorenzo aveva regalato un nuovo elegante salotto dove fare shopping e passeggio. La Superba cominciava a riempirsi di turisti alla scoperta di bellezze che per secoli erano state gelosamente nascoste, si attrezzava per vendersi a una platea che si andava allargando, e bisognava mutare abitudini, adeguarsi al nuovo e imparare a tenere aperti negozi e bar anche la domenica. Le tute blu più arcigne e orgogliose d'Italia dovevano cambiare casacca e mettersi la livrea dei camerieri e dei maître d'hotel, oppure fare come Pizarro e diventare colletti bianchi della finanza, tentare la fortuna al tavolo della speculazione finanziaria globale che nel giro di trent'anni avrebbe ridotto la città ai minimi termini e ne avrebbe fatto un ospizio di vecchi che, in preda al panico della storia, si sarebbe consegnato nelle mani di una banda di cultori dell'efficienza spicciola, senza scrupoli, memoria del passato né visione del futuro.

Forse Pizarro non aveva tutti i torti, la Genova in cui ero cresciuto, polo industriale e portuale del Nord-ovest e quinta città italiana per numero di abitanti, era morta e a malapena ne sopravviveva il ricordo, un pallido simulacro senz'anima. Non basta la bellezza, non bastano le pietre delle strade e dei palazzi millenari se gli uomini che li abitano lo fanno come clienti d'un motel affacciato sull'autostrada. La vita di una città non può ridursi a una vetrina di giocattoli, e il decoro urbano, sorta di religione postmoderna inventata dall'infernale connubio di urbanisti illuminati e sindaci eletti dal popolo, veniva spacciata agli angoli delle vie insieme all'eroina e all'odio per gli stranieri.

C'erano da sistemare negli scatoloni i piatti e i bicchieri che Clara e io avevamo comperato l'anno successivo al nostro matrimonio. Un'offerta a prezzo stracciato di Radif che la signora non poteva lasciarsi sfuggire. Da allora erano trascorsi due lustri e sembrava storia del mese prima. Li avevo tolti dalla credenza e impilati sul pavimento quando il telefono cominciò a squillare. Guardai l'orologio: le undici e venti. Chi poteva essere a quell'ora?

«Pagano. Pronto?»

«La disturbo?»

La voce leggermente rauca di Carlo Pizarro veniva a frugare

nella mia intimità, quasi volesse sorprendermi in un frangente di vulnerabilità, con l'anima nuda, esposta a qualunque scossone. Chissà, forse anche lui si sentiva così.

«In questo momento sono di disturbo anche a me stesso», risposi.

«Mi dispiace, ma sul biglietto da visita figura questo numero e ne ho approfittato. Ci sono novità?»

«Sì, qualcuna.»

«Sa dov'è Myra?»

«No, e non so nemmeno dove è lei.»

«A casa mia. Perché?»

«Ha una vodka decente nel freezer?»

«Dovrei avere una bottiglia di Stolichnaya superiore.»

«Dovrebbe averla o ce l'ha?»

«Se non l'ha bevuta la donna di servizio, ce l'ho.»

«Allora mi dia l'indirizzo, la raggiungo.»

Carlo Pizarro abitava in un appartamento che valeva almeno due matrimoni e due divorzi, in una palazzina sulla passeggiata scavata nella scogliera di Nervi. Seguii il suo consiglio e posteggiai la Vespa sul piazzale della stazione, percorsi a piedi il tunnel che corre sotto la ferrovia e senza incontrare un'anima mi ritrovai sul lungomare, a respirare l'aria impregnata di salsedine. Una folata fredda mi investì con l'impeto di uno schiaffo e mi fece rabbrividire. Si era alzato un vento teso di scirocco e il mare aveva preso ad agitarsi. Oltre la balaustra si sentiva il ruggito delle onde e il rumore della risacca. La debole luce dei lampioni era offuscata dalla nebbiolina che esalava da quel ribollire di flutti e velava ogni cosa: i pitosfori sfioriti, le panchine dalla vernice scrostata e le foglie grasse e spinose delle agavi che spuntavano dal selciato.

Trovare il portone fu un gioco da ragazzi, sulla passeggiata le case si contano sulle dita di una mano; suonai al citofono, il flash luminoso della telecamera si accese e la serratura scattò.

Dieci minuti dopo eravamo seduti in un grande salotto rischiarato da lampade alogene regolate a bassa intensità, arredato con mobili ultramoderni di design, davanti a una vetrata che si apriva sulla notte. L'ambiente era intriso di odore di fumo, anche se le imposte erano aperte e a tratti dall'esterno arrivavano colpi d'aria improvvisi che portavano gli umori del mare e un remoto sentore di gelsomino; il sibilo delle raffiche e il sordo rimbombo delle onde accompagnavano la nostra conversazione come un basso continuo. Il padrone di casa era stato di parola: la Stolichnaya ghiacciata era eccellente, quello che ci voleva per far rinculare la pelle d'oca provocata dallo scirocco e dai cattivi pensieri.

«Mi ha detto che ci sono novità», attaccò Pizarro.

«Posso fumare?» domandai, anche se conoscevo già la risposta.

«Prego», rispose accendendo una Lucky Strike.

Non mi dispiaceva tenerlo sulle spine e cominciai a caricare la pipa con lentezza esasperante. Pizarro indossava una polo azzurra Fred Perry, un paio di bermuda di jeans ed eleganti scarpe da barca, e se ne stava seduto con le spalle alla finestra su una comoda poltrona ricoperta da un mezzaro dai colori vivaci. Io sedevo sul divano e a dividerci c'era un tavolino di cristallo su cui erano posati la bottiglia, i bicchierini per la vodka e un grosso posacenere di porfido verde.

«Sono stato al Gardenia», bofonchiai mentre accendevo, tirando lunghe boccate. In un attimo il fumo del Balkan Sobranie si spantegò nella stanza. «Ho parlato con il direttore, un certo Zerillo, e con la ex coinquilina di sua moglie.»

«Paula?»

Annuii col capo.

«E cosa le hanno detto?» domandò con aria svagata, quasi scettica.

«Di Myra non sanno niente, ma qualcosa è saltato fuori.»

Compose un'espressione scettica e replicò: «La cosa non mi sorprende».

«Che sia saltato fuori qualcosa o che non abbiano notizie di sua moglie?»

«Se anche le avessero, non le spiattellerebbero al primo venuto.»

«A Paula ho detto che lavoro per lei.»

«Denunciare i suoi capi la danneggerebbe, perché dovrebbe mettersi nei guai?»

«La ragazza sembra molto affezionata a Myra e quando ha saputo che è scomparsa si è sinceramente preoccupata.»

«Bontà sua.»

«Mi ha detto che è stata testimone di nozze di sua moglie; ho avuto l'impressione che fossero piuttosto intime. Cosa può dirmi di lei?»

Ora era lui a prendere tempo. Si sporse in avanti, afferrò la bottiglia e riempì il bicchiere fino all'orlo, quindi si offrì di versarne anche a me, che accettai di buon grado.

«Una ragazza a posto», rispose dopo aver trangugiato un lungo sorso ed essersi messo comodo. «Ma l'idea che Myra la frequentasse mi disturbava e questo non ha aiutato i nostri rapporti. Non ho niente di personale contro di lei, solo rappresenta un aggancio con quel sottobosco malavitoso. Ho fatto il possibile per allontanare e proteggere mia moglie da quel mondo.»

«È sicuro che dietro al Gardenia ci sia la malavita?»

«È quello che mi ha sempre detto Myra: per quella gente le ragazze sono carne da macello. Non si fanno scrupolo di usarle per estorcere denaro ai vecchi bavosi che bazzicano il locale.»

«Ne parla come se fosse un bordello. Sua moglie e Paula non sono prostitute, e lei non ha l'aria d'un vecchio bavoso. Ed è lì che vi siete conosciuti, giusto?»

«Avevamo cenato con alcuni colleghi in un ristorante da quelle parti, eravamo alticci e loro hanno insistito per entrare. È stata la prima volta che mettevo piede in un night club.»

«E nei mesi successivi?»

«Ci sono tornato quasi tutte le sere, ma solo per vedere lei.»

«Perché mi ha raccontato di averla incontrata in un bar vicino all'università?»

«Mi disturbava ammettere che mi sono innamorato di una entraîneuse.»

«Meglio dire che si è innamorato d'una studentessa senza sapere che faceva l'entraîneuse?»

«Non è la stessa cosa», si infervorò. «E poi, non è stato certo il costume da coniglietta ad attirare la mia attenzione.»

«Ah no?»

«Myra... era una bellezza d'altri tempi.»

«*Era*?»

«Intendo quando l'ho conosciuta. Ha guardato bene la fotografia? Non trova che ricordi le ragazze degli anni Sessanta?»

«Quelle del twist, dello yé-yé e della minigonna? Come Sylvie Vartan?»

«Dunque se n'è accorto anche lei.»

«Fra noi passano meno di dieci anni, signor Pizarro, siamo figli della stessa epoca», dissi. «Non mi stupisce che si sia innamorato d'una ragazza così né che sia geloso.»

«Non sono geloso», rispose piccato, accendendo un'altra sigaretta. «Myra fa una vita indipendente, dopo la laurea ha conseguito il dottorato, tiene un seminario per gli studenti, si vede tutti i giorni col suo professore e non mi sono mai lamentato.»

«Lo conosce?»

«Il professore? L'ho visto una volta, alla seduta di laurea.»

«Come si chiama?»

«Cevasco, Umberto Cevasco.»

«Cosa sa di lui?»

«È un uomo affascinante, sulla quarantina, un tipo molto sicuro di sé nonostante la giovane età. Immagino che le studentesse farebbero carte false per andarci a letto.»

«Dopo la scomparsa di Myra ha provato a contattarlo?»

«Perché avrei dovuto?»

«Lei nutre una fiducia cieca nella fedeltà di sua moglie.»

«Myra non mi tradirebbe mai, ne sono sicuro», disse senza enfasi, con lo stesso tono con cui avrebbe parlato del tempo.

«È quello che sostiene anche Paula.»

«Mi fa piacere sentirlo.»

«Ha informato qualcuno di quanto è successo?»

«Ho telefonato ai suoi genitori, in Ucraina, e ho parlato con la madre.»

«Cosa ha raccontato?»

«Non volevo che si preoccupassero e, soprattutto, mi premeva scongiurare il rischio di vederli piombare qui, in casa mia: così ho detto che Myra mi ha lasciato, che abbiamo litigato e se n'è andata.»

«Una mossa azzardata.»

Gli occhi si fecero due fessure attraverso cui mi scrutava senza capire, come se parlassi arabo. «In che senso?»

«Se a sua moglie capitasse qualcosa, lei rischia di finire nei pasticci.»

«Speriamo di no», replicò con un sorriso spastico.

«Ha domandato se si è fatta sentire?»

«È la prima cosa che ho chiesto e, come mi aspettavo, sono caduti dalle nuvole.»

«Non lo trova strano?»

«Perché?»

«Myra era molto legata ai suoi genitori.»

«Lo so, ma non si trattava di quel tipo di confidenza. Con la madre si sentivano anche due, tre volte alla settimana, ma Myra non parlava delle sue cose intime.»

«E di cosa parlavano?»

«Dell'università, del dottorato, della situazione in Ucraina. Del padre, che è consumato dal cancro e non ne avrà per molto.»

«Lasciare il marito è una scelta impegnativa, possibile che non abbia sentito il bisogno di consultarsi con sua madre?»

Si strinse nelle spalle e compose un'espressione sofferta, da stilita con le emorroidi. «Forse lo ha fatto e si è raccomandata di non dirmelo.»

«A quale scopo?»

«Se l'ha risucchiata il suo vecchio mondo, non è più una donna libera. Va' a sapere: magari qualcuno la minaccia.»

Era tornato a usare quel termine: *risucchiata*. Quasi che un fantomatico buco nero si annidasse nelle pieghe del suo ménage coniugale e potesse impossessarsi di sua moglie come il maelström di Conrad. Nel suo apparente candore, sembrava non essere sfiorato dal pensiero che una bella donna, molto più giovane di lui, sgattaiolata via di prima mattina con una borsa contenente qualche vestito e qualche segreto, lo avesse mollato. L'idea, che a me appariva la più plausibile, poteva essere spacciata ai suoceri allo scopo di tranquillizzarli e tenerli lontani da Genova, ma ai suoi occhi risultava del tutto priva di senso.

La vodka cominciava a far sentire i suoi benefici effetti. Ne avevamo scolata più di mezza bottiglia.

«Anche lei adorava Sylvie Vartan?» domandai.

Prima di rispondere gli occhi si illuminarono e disse: «Quando frequentavo il liceo ritagliavo dai rotocalchi di mia madre le sue fotografie e le appendevo nella mia stanza. Conosce la canzone intitolata *Irresistibilmente*?».

E senza aspettare la mia risposta attaccò a cantare:

Piano piano,
ma irresistibilmente
torno da te.
La mia vita
irresistibilmente
corre con te.

Aveva una bella voce in falsetto, sufficientemente impostata da rendere il portamento sull'intervallo ascendente di terza – quel delizioso *irresi-sti-bilmente* – senza sprofondare nel ridicolo.

Lasciai che finisse la prima strofa e dissi: «È un auspicio?».

«È la nostra canzone», rispose quasi sottovoce, come se parlasse a sé stesso.

«Myra è cresciuta nell'Ucraina degli anni Ottanta, cosa può saperne della Vartan?»

«Quando ci siamo conosciuti, è stata la prima cosa che le ho detto: tu assomigli a Sylvie Vartan, una cantante francese della mia giovinezza.»

«E lei?»

«L'aveva a malapena sentita nominare, ma ha apprezzato e si è sentita lusingata. Così le abbiamo ascoltate tutte, le sue canzoni, anche quelle in francese.»

«Anche *Come un ragazzo*?»

«Sicuro! Ma la preferita rimane questa.»

E riprese a cantare:

Dopo la notte il giorno tornerà,
dopo la pioggia il sole splenderà,
l'arcobaleno splenderà lassù
e brillerà solo per noi.

Mi si aprì dentro un vuoto, una specie di buco nero e non

ebbi il cuore di lasciarlo solo in quell'improvvisato accesso melodico pompato dalla Stolichnaya. Così mi associai e attaccai il ritornello:

Piano piano,
ma irresistibilmente
torno da te.
La mia vita
irresistibilmente
corre con te.

«Quello era un tempo in cui valeva la pena vivere!» sbottò con gli occhi lucidi. «Non è d'accordo con me?»

«Non saprei, certo Sylvie era adorabile.»

«Come la mia Myra: sono identiche, due gocce d'acqua. Vorrei tanto che la conoscesse.»

«Speriamo che accada presto.»

«Mi dica la verità, dottor Pagano: non sente la mancanza di quegli anni, del profumo che si respirava, del buongusto che aleggiava anche nelle cose più frivole?»

«Sento che siamo alla fine di un'epoca, e mi chiedo cosa ci farò in quella a venire.»

«L'avvento del nuovo millennio non la eccita?»

«Neanche un po'. Temo invece di lasciare il meglio della mia vita in quello che sta finendo.»

«Il futuro non la attrae per niente?»

«Attrarmi?» dissi svuotando l'ultimo bicchiere. Da qualche minuto la pipa si era spenta. «Dica pure che mi terrorizza.»

«Allora ci assomigliamo», concluse. «Vede che avevo ragione: lei è la persona giusta per questa indagine.»

Non poteva saperlo, ma quel giorno era la seconda volta che me lo sentivo dire.

5.
DA UBI CONSISTAM

«Cerco un centro di gravità permanente
che non mi faccia mai cambiare idea sulle cose sulla gente.»
Franco Battiato, *Centro di gravità permanente*

Il Capitano se ne stava di sentinella con le braccia conserte e le gambe leggermente divaricate sulla soglia della crêperie in attesa dell'assalto dei clienti di mezzogiorno. Oltre ai docenti e agli studenti della facoltà di architettura, che per pranzare dovevano solo attraversare la strada, agenti di commercio, professionisti, fattorini, impiegati, medici e operai raggiungevano a piedi stradone Sant'Agostino apposta per gustare le sue crêpes e le galettes salate. Venivano non solo dai carruggi della città vecchia, ma da ben più lontano: Portello, Corvetto, Carignano e via Venti Settembre, oppure risalivano le crose che dalla circonvallazione a mare montano alla collina di Castello.

Era stato lui, René il marsigliese, che tutti chiamano il Capitano per via del gozzo con cui va a pescare nel golfo, a segnalarmi i due appartamenti in vendita nel palazzo attiguo al suo negozio. L'idea di avermi come vicino di casa non gli dispiaceva. Fino ai quarant'anni suonati aveva lavorato come cuoco sulle navi da carico, battendo mari e oceani dei due emisferi, dall'Indonesia all'Alaska, da Città del Capo al mare del Nord; poi aveva deciso di cambiare vita e ritagliarsi un'esistenza a chilometro zero, tutta casa e bottega, e aveva acquistato un minuscolo attico a due passi dalla crêperie, con una terrazza da cui si vedeva la città a trecentosessanta gradi.

«Non fartelo scappare», aveva detto. «Gira voce che il proprietario sia alla canna del gas e abbia un disperato bisogno di soldi. Il prezzo dev'essere stracciato, anche perché uno dei due appartamenti è troppo piccolo e difficile da piazzare.»

La vendita era affidata a un'agenzia immobiliare, ma con lui di mezzo non ce ne sarebbe stato bisogno. Acquistare quegli appartamenti restava un ottimo affare: vendendo la casa di via del Colle avevo realizzato abbastanza soldi per comprarli e ristrutturarli entrambi.

Appena mi vide sistemò gli occhialini sul naso e domandò: «Allora, quando ti decidi a traslocare?».

«Ho accettato un nuovo incarico che mi rallenterà di qualche giorno», risposi.

Quando gli spiegai di cosa si trattava, si lasciò scappare un fischio e commentò: «Viva l'ottimismo. E se la bella straniera non si facesse trovare?».

«O la rintraccio subito, o rinuncio.»

«Cos'è, il fiuto a farti parlare così?»

Non era il fiuto, era l'esperienza. Quando una persona scompare e non vuole essere trovata, non c'è verso di recuperarla. Non con le modeste risorse a disposizione di un investigatore privato. Se invece qualcuno si eclissa con l'idea di farsi inseguire, di sicuro semina sulla strada qualche sassolino, come Pollicino, e si tratta di saperlo individuare.

«Ti fermi a pranzo?» domandò ancora.

«Dipende dai tempi del capocantiere. Mi sta aspettando in casa.»

Prendere accordi con il direttore dei lavori fu una faticaccia, era un tipo tignoso e logorroico, e quando scesi in strada la crêperie era affollata all'inverosimile e la calca mi tolse qualunque voglia di entrare e aspettare il mio turno. Agitando il braccio salutai René, che stava dietro il banco con la concentrazione di un chirurgo in sala operatoria, e mi avviai giù per lo stradone. Un sole patito, ovattato da una cortina di nuvole, ingialliva le strade. Anche il dehors del bar di piazza De Marini era gremito di gente, in gran parte turisti giapponesi con le loro macchine fotografiche che avevano fatto il pieno di scatti all'acquario e nella città medioevale. Per evitare la bolgia proseguii sotto i portici di Sottoripa fino alla friggitoria dove mi feci servire un cartone di baccalà, acciughe e pignoletti fritti.

Li sgranocchiai sul posto seduto su uno sgabello, accompagnandoli con una birra gelata, mentre un pensiero continuava a scavarmi nella testa come un tarlo. Sulla via del ritorno feci sosta in un bar per un caffè.

Una volta in ufficio, composi il numero di casa del mio cliente, nella speranza che a rispondere fosse la voce di Myra. Il telefono squillò a vuoto finché partì la segreteria telefonica.

Ritornai così alla mia idea fissa: si trattava di un tentativo che valeva la pena fare e, se andava male, pazienza. Chiamai il mio amico Totò Pertusiello, commissario alla sezione omicidi della squadra mobile, quello che a buon diritto poteva definirsi il mio «uomo della provvidenza».

Al contrario di quel che si crede, la provvidenza è come la fiducia, uno se la deve guadagnare. Erano undici anni che almeno due, tre volte l'anno le strade delle nostre indagini si incrociavano. Anche se è risaputo che gli omicidi non sono pane per i denti degli investigatori privati, può sempre accadere che in vista del processo un avvocato abbia bisogno di riscontri supplementari e prove da contrapporre alle evidenze della procura. In questo caso si rivolge a un'agenzia investigativa, ponendola in una posizione di oggettivo conflitto con la polizia, niente di personale s'intende, ma tant'è la cosa finisce per attirare ai «privati» l'antipatia delle divise. Ed è su questo terreno infido, scivoloso, che la mia amicizia con il commissario Pertusiello è germogliata negli anni.

«La verità mica è 'na zoccola che si vende al miglior offerente», tuonava lo zelante servitore dello stato dopo un congruo numero di Negroni, che avevano l'effetto di dare fiato alle trombe del suo furore morale.

E fin qui mi trovavo d'accordo con lui. Un assassino resta un assassino, a prescindere dal suo conto in banca. Era sul resto che faticavo a seguirlo: la convinzione, coltivata a scapito di ogni ragionevole dubbio, che non ci fossero abbastanza zoccole in giro da intorbidare le acque.

Malgrado le sue impennate, devo però riconoscergli una certa elasticità di giudizio: infatti, una volta toccato con mano che il disincanto non mi impediva di spendermi nella ricerca della verità, a costo di rischiare la pelle e non vedere più mia figlia, abbiamo stretto un tacito patto: io non avrei provato a fregarlo e, in cambio, lui non si sarebbe negato quando gli avessi rivolto una richiesta, diciamo così, poco ortodossa.

Sapevo che a quell'ora lo avrei trovato in ufficio, a gustarsi la prima Gauloise del dopopranzo, e che mi avrebbe risposto con la reattività umorale intorpidita e mitigata dalla prima digestione.

«Che vuoi, guaglio'?» domandò senza troppa enfasi.

«Ho bisogno di un *grosso* favore, Totò.»

«E ti pareva.»

«Se ti do il nome e il cognome, potresti controllare i movimenti del titolare d'un conto corrente? Si tratta di una persona scomparsa.»

Un grugnito mi avvertiva che la cosa era complicata. E non solo.

«È illegale, ci vuole un mandato.»

«Perciò ho detto che il favore è grosso.»

«Almeno una formale denuncia di scomparsa...»

«Nessuna denuncia, mi dispiace.»

«...e scommetto che vuoi anche sapere dove sono stati effettuati eventuali prelievi.»

«Sì, potrebbe tornarmi utile.»

«Mi stai chiedendo di infrangere la legge?»

«Forse, ma potrebbe essere per una buona causa.»

Seguì un silenzio carico di elettricità: si sentiva messo con le spalle al muro e la sua indole di plantigrado paziente, ma tutt'altro che remissivo, si stava risvegliando.

«Lo sai che gli ultimatum non mi piacciono», borbottò torvo.

«Allora lascia perdere, come non avessi parlato.»

Nella cornetta esplose la zaffata potente, sofferta d'un sospiro. «È un affare importante?»

«È una giovane donna di cui non si hanno notizie da domenica.»

«Magari si trova con l'amante su una spiaggia della costa Smeralda.»

«È quello che mi auguro. Ma se invece...»

«Allora le procedure sarebbero zavorra e il fine giustificherebbe i mezzi.»

Figuriamoci se non tirava in ballo Machiavelli, uno dei classici che citava con più soddisfazione per la stessa ragione che spingeva me a citare Leopardi e Montale: geniacci che non davano scampo alle illusioni.

Emise un secondo grugnito e tagliò corto: «Vedrò che posso fare. Richiamami domani».

Dopo che Pertusiello aveva riattaccato mi guardai intorno. L'ufficio era ingombro di scatoloni sigillati che aspettavano solo di essere portati via. Il contratto di affitto scadeva a fine mese e l'ufficio di Sant'Agostino, costituito da un'ampia stanza con portafinestra affacciata sullo stradone, una minuscola anticamera e il bagno, era pronto ad accoglierli. Dovevo solo chiedere a Zainab, la mia colf nubiana, di dare una ripulita. Mi prese la smania di rompere gli indugi e stringere i tempi e la chiamai, proponendole di andarci il giorno successivo.

«Allora non passo da casa?» domandò.

Intendeva via del Colle.

«Pulire in quel casino non ha più senso. Aspettiamo di sgombrare, è questione di qualche giorno.»

Mentre lo dicevo avvertii una stretta al cuore. Il pensiero andò alle decine di cartoni impilati in quelle stanze, dove ogni oggetto era stato rimosso dal suo posto, avvolto nella carta di giornale e imballato, pronto a essere trasferito per sempre. In quell'appartamento, smobilitato come un circo dopo lo spettacolo, espletare le operazioni più elementari dell'esistenza, come cucinare, radersi e lavarsi, era diventato sempre più complicato e tuttavia, inutile negarlo, non avvertivo la stessa frenesia di andarmene che mi assaliva quando mi ritrovavo nel bailamme dell'ufficio. Per quanto il buco di piazza De Marini fosse quello in cui avevo inaugurato la mia attività di investigatore, e lasciarlo mi procurasse una passeggera malinconia, abbandonare via del Colle era tutta un'altra faccenda.

Quella casa era come una seconda pelle e andarmene equivaleva a scorticarmi vivo.

Troppi cambiamenti in una volta sola. C'era già il Novecento, l'ultimo secolo del millennio, che stava per finire, mettendo la mia insignificante esistenza a confronto con un passaggio epocale. Certi grandi eventi come le guerre, le pandemie e le carestie precipitano la vita dei singoli individui nel frullatore della storia e ci pongono brutalmente di fronte alla nostra irrilevanza. Perché se è un fatto che il flusso delle vicende umane non si arresta mai, è anche vero che i suoi cicli sono abbastanza lunghi da sfuggire alla nostra percezione. È stato così per l'instaurarsi di questo nuovo *ancien régime*, propiziato dalle ricette dei demiurghi della deregulation liberista e dei loro accoliti politici, che hanno propiziato un mondo spaccato in due, da un lato pochi ricchi ricchissimi e dall'altro un crescente numero di nuovi poveri; ma è successo nell'arco di quindici anni e, grazie alla vaselina del tempo, cominciamo a vederlo solo adesso.

Quando invece incappiamo in svolte quali il passaggio del millennio è tutta un'altra faccenda.

Cosa ci farò io nel terzo millennio? Avrò ancora un posto – e la mia vita un senso – nell'universo?

Queste domande, mosse dalla dolorosa consapevolezza che non è il mondo a adattarsi alla nostra esistenza, ma l'esatto contrario, mi inducevano ad aggrapparmi con le unghie e coi denti a un presente in fuga, inafferrabile e viscido come un pavimento insaponato. E la casa di via del Colle rappresentava un appiglio, un terreno familiare dove avevo piantato radici, che di lì a breve non ci sarebbe più stato.

Non potevo continuare a rimuginare in questo modo, rischiavo di diventare pazzo, era tempo di scuotermi e riprendere la mia ricerca.

Scesi le scale, uscii sulla piazzetta, svoltai nel budello ombroso di Canneto il Curto e mi ritrovai in via San Lorenzo, inondata dalla luce. La strada del duomo era stata pedonalizzata e trasformata in un elegante salotto con i tavolini di bar e ristoranti e i negozi di souvenir che cominciavano a vendere Genova in pillole. L'umidità si era fatta insopportabile e la via era quasi deserta: solo qualche turista che si aggirava tra gli antichi palazzi con il naso infilato in una mappa.

Paula mi aveva detto che Armando, il musicista amico di Myra, si esibiva dalle parti della cattedrale. Non c'erano chitarristi in giro, ma sapevo chi avrebbe potuto fornirmi indicazioni fresche per ritrovarlo.

Risalii fino a piazza Matteotti alla ricerca di un angolo dove il mio uomo poteva essersi sistemato, in attesa che arrivasse l'ora del passeggio. Non mi sbagliavo: se ne stava acquattato al sole in salita Pollaioli, seduto di lato all'edificio della banca. Ai suoi piedi sonnecchiava un grosso cane bastardo, sdraiato vicino alla scatola da scarpe dove qualcuno aveva gettato qualche moneta da cento e duecento lire.

Nonostante fosse cieco dalla nascita, fra tutti gli informatori che mi fornivano notizie su quanto si muoveva nel labirinto minerale dei carruggi, Gegè era quello a cui non sfuggiva nulla. Vita, morte e miracoli di spacciatori, papponi e puttane, italiani e foresti, che bazzicavano da Balbi fino al Molo, venivano monitorati dai suoi radar con precisione millimetrica. E non solo. Per quanto vivesse per strada chiedendo l'elemosina e dormisse in ricoveri di fortuna quali scantinati, scagni e sottoscala, riusciva a intercettare preziose informazioni su personaggi di alto rango, nobili decaduti e arricchiti dell'ultima ora, boss criminali di peso e rampolli scapestrati di famiglie di antico lignaggio e solida fortuna. Come ci riuscisse restava un mistero ma, se ti dava una dritta, potevi scommettere che era quella giusta.

Mi avvicinai con circospezione, per non svegliare il cane, e quando ero a tre, quattro metri da lui, mi prese in contropiede e disse: «Ciao, Bacci».

«Cazzo Gegè, sei sicuro d'essere cieco?»

«Purtroppo sì, vecchio mio. Ho affinato altri sensi, come l'olfatto. Riconoscerei il tuo profumo tra mille.»

«È dopobarba.»

«Vetiver e rum», precisò, acchiappandoci in pieno.

Difficile attribuire un'età al vecchio Gegè. Di sicuro più di sessanta, ma potevano anche essere ottanta. I suoi occhi spenti mi puntavano senza vedermi. Aveva la solita barba bianca incolta e spandeva intorno un forte odore di Stravecchio.

«Tu invece, sai di Vecchia Romagna Buton», risposi.

«Stravecchio Branca, amico mio. Il Buton nei supermercati non si trova più. Ma non mi lamento, quando si tratta di dimenticare, anche lo Stravecchio funziona a meraviglia.»

«Spero che tu non abbia dimenticato troppe cose, Gegè. La tua memoria mi serve.»

«Non ti resta che mettermi alla prova.»

«Che mi dici di un certo Armando, artista di strada che suona la chitarra...»

«*Suonava,* al passato», mi corresse aprendo la bocca a un sorriso equino, soddisfatto, che scoprì quel che restava d'una dentatura ingiallita, e la lingua rossa che sembrava sul punto di fare una beffa. «Qualcosa mi sembra di ricordare. Fai la tua offerta, prego.»

«Ventimila lire possono bastare?»

Incassò la testa nelle spalle e borbottò: «Ti facevo più generoso. I detective privati guadagnano bene e scommetto che questa informazione ti frutterà un botto».

Non aveva tutti i torti.

«Okay, facciamo trentamila. Ma non spenderle tutte in Stravecchio.»

«Armando viene dalla città dei Sassi. Per rimediare un panino strimpellava la chitarra, spaziando dal cool jazz a Elvis Presley ai Police. Ma non era una bella vita per un ragazzo di trent'anni.»

«Parli tu?»

«Cosa c'entro io? Sono vecchio e cieco, e poi la mia è una scelta metafisica.»

«Potresti fare come Diogene, comperarti una botte e andare a viverci dentro. Se vuoi ti regalo una lanterna.»

«Vada per la lanterna, ma della botte non se ne fa nulla.»

«Perché?»

«Finirei per caricarla di Stravecchio e dormire all'addiaccio», rispose con una smorfia. Poi si fece serio e proseguì: «Comunque il tuo menestrello si è accasato e convive more uxorio con il fidanzato in un appartamento da sogno in via San Bernardo».

«Tombola, lo sapevo che con te andavo sul sicuro.»

«Il fidanzato si chiama Alfredo, è il titolare del bar Asso di Picche di via dei Giustiniani. Ha una quarantina d'anni e, dopo due matrimoni e due divorzi, ha finalmente trovato la sua Violetta, l'anima gemella che cercava da tanto tempo. È un pezzo che vivono insieme e si dice che il loro amore sia destinato a durare.»

Il cane smise di russare e aprì un occhio. Appena mi riconobbe si sollevò sulle zampe anteriori e fece per prendermi d'assalto. Gli stavo simpatico e quando mi incontrava non mancava di rimarcarlo leccandomi con la sua lingua bavosa.

Gegè se ne accorse per tempo e lo trattenne afferrandolo per il collare. «Woland, perdio, conserva un po' di dignità», disse. «Non puoi fare le feste a tutti quelli che si avvicinano.»

«Woland?» domandai mentre gli allungavo tre banconote da diecimila. «Che cazzo di nome è?»

«Non hai letto *Il Maestro e Margherita*?» ribatté mentre le afferrava e le faceva sparire nel taschino lercio della camicia.

«Almeno due volte, ma che c'entra il diavolo col cane?»

«I cani si fanno in quattro per dimostrare agli uomini l'esistenza di Dio, proprio come il diavolo.»

«Sei sicuro?»

«Hai mai conosciuto un essere umano capace di una devozione così incondizionata?»

«E che c'entra questo con l'esistenza di Dio?»

Scosse il capo, sconfortato dalla mia mancanza di perspicacia. «Siamo noi l'oggetto di tanta devozione: noi siamo il loro Dio. Ma sto divagando. Se hai letto Bulgakov, ricorderai che il diavolo è l'essere che, pur volendo il male, fa sempre il bene.»

«Si chiama eterogenesi dei fini.»

«Non proprio. Secondo l'eterogenesi dei fini la via dell'inferno è lastricata di buone intenzioni.»

«Confermo, l'inferno l'ho conosciuto bene e le buone intenzioni mi sono costate cinque anni di carcere di massima sicurezza.»

«Tutte cazzate!» replicò sputacchiando. Stava perdendo la pazienza. «L'inferno ce lo confezioniamo da soli, e le vie del paradiso e dell'inferno sono lastricate delle stesse intenzioni, buone o cattive che siano. Prendi la storia di Alfredo: se invece di contrastarla, avesse seguito la propria inclinazione, non avrebbe incasinato la vita di quelle povere donne.»

«Le sue ex mogli?»

«Incolpevoli vittime dei buoni propositi d'uno stronzo che voleva essere altro da quello che era.»

«Perciò hai chiamato il cane Woland?»

«Questa bestia è l'essere vivente con cui divido la mia esistenza. Gli ho dato questo nome perché, nonostante l'eccessiva compiacenza, la sua compagnia mi riempie il cuore di speranza.»

Mi domandai quali inclinazioni Myra avesse seguito fuggendo dal mio cliente. E dove la strada dell'indagine mi stesse portando, se all'inferno o in paradiso.

Avrei potuto chiederlo a Gegè, ma il segreto professionale me lo impediva. Allora presi a carezzare il cane sul muso e sul collo, e quello ricambiò e mi saltò addosso, agitando la coda e leccandomi senza risparmiarsi. Gegè lasciò fare con aria rassegnata.

Infine, mi congedai dal mio informatore e mi avviai verso il bar di via dei Giustiniani dicendomi che, qualunque fosse la mia destinazione, l'inferno o il paradiso, stavo facendo la cosa giusta perché quello era il mio lavoro.

6.

L'ARTE DELLA FUGA

L'Asso di Picche era uno di quei locali che, dopo la rivoluzione urbanistica del '92, erano sbocciati come funghi nei carruggi della città vecchia, avanguardia di una imprenditoria commerciale ruspante che si proponeva di cavalcare l'onda della cosiddetta riqualificazione del centro storico. Erano invece in via di estinzione le osterie con le pareti foderate di perlinato e i tavolacci di legno dove si consumava una malvasia, un biancoamaro o il vermut Asinello, accompagnati da una ciotola di tocchetti di focaccia. Aveva preso le mosse un fenomeno nuovo, già largamente diffuso in molte città europee, che il venerdì e il sabato sera vedeva centinaia di giovani sciamare verso il centro medioevale da ogni quartiere e dai comuni più imbriccati dell'entroterra. Era il popolo della notte, quello che si accalcava rumoroso negli angusti vicoli e nelle piazzette col bicchiere in mano e al vino preferiva la birra, gli shot superalcolici di bassa qualità e un tiro di ganja a buon mercato. La movida era diventata l'incubo dei residenti fra la Commenda e il Molo, che per riuscire a prendere sonno dovevano aspettare le quattro del mattino, ma anche la festa degli spacciatori di alcolici e fumo, legali e clandestini, che in due nottate tiravano su l'utile dell'intera settimana.

L'Asso di Picche rispondeva ai gusti della nuova clientela, o almeno di quella più sofisticata e matura che sapeva distinguere un Manhattan a base di Crown Royal da un cocktail miscelato con alcol da quattro soldi e alla Perlenbacher preferiva una pregiata birra artigianale. L'arredamento ricordava quello di un pub inglese, con luci soffuse e legno massello che riempiva gli occhi, conferendo corpo e calore all'ambiente, e tanta musica d'autore, dal rock americano anni Cinquanta ai cantautori francesi e italiani, inclusi Paolo Conte, Francesco Guccini e il nostro Fabrizio De André.

Erano le due del pomeriggio e il locale era vuoto. Dietro il banco un uomo sulla quarantina abbigliato come un adolescente smanioso di mostrare muscoli, abbronzatura e tatuaggi, portava una canotta bianca attillata, capelli biondi e un ciuffo irriducibile che ricadeva in avanti e gli copriva un sopracciglio. Aveva l'aria rilassata e l'occhio abbastanza lustro da suggerire che si era appena tirato una canna. In effetti nell'aria aleggiava un vago sentore di marijuana.

Stava svuotando la lavastoviglie e appena mi vide sollevò la testa e mi scannerizzò dalla testa ai piedi, mostrando un interesse quasi scientifico per il mio fisico – un metro e ottantacinque per settantotto chilogrammi di peso – ancora in discreta forma.

«Buongiorno», disse. «Cosa posso fare per lei?»

«Buongiorno», risposi. «Devo parlare con Armando.»

Aggrottò la fronte e si rabbuiò, la mia richiesta non era quello che si aspettava.

«Armando non lavora qui», rispose secco.

«Lo so, ma mi hanno consigliato di rivolgermi a lei.»

«Davvero? E che altro le hanno consigliato?»

La sua reazione suonava fin troppo stizzita, dopotutto avevo solo chiesto del suo compagno. Evidentemente si sentiva sotto pressione, assediato dallo stigma del pregiudizio. In questa indagine era la seconda volta che mi ritrovavo sul banco degli imputati, accusato di nutrire preconcetti che non mi appartenevano. Mi domandai se non fosse inevitabile, per chi viene discriminato, sviluppare una ipersensibilità che rende allergici a qualunque riferimento all'area critica, quella in cui proliferano i recettori del conflitto e del dolore.

Il solo modo che mi restava per tirarmene fuori era scoprire le carte. Così dissi: «Ascolti, sono un investigatore privato e sto cercando una ragazza scomparsa. Si chiama Miroslava Rostova ed è un'amica di Armando».

«Myra è scomparsa?» domandò, cambiando di colpo tono e atteggiamento.

«La conosce?»

«Non l'ho mai incontrata, ma Armando mi ha parlato di lei.» Si spostò verso la cassa e disse: «Aspetti».

Sollevò la cornetta del telefono e compose il numero. Risposero subito e non furono necessarie tante parole. Dopo aver riattaccato disse che Armando sarebbe arrivato entro pochi minuti. Il vecchio Gegè mi aveva riferito che abitavano in un grande appartamento di via San Bernardo, a due passi dal bar. Anche Alfredo, come il Capitano, aveva scelto una vita a chilometro zero, tutta casa e bottega.

«Spero che alla ragazza non sia successo niente», disse.

«Lo spero anch'io», risposi.

Cinque minuti dopo entrò di corsa un giovane sui trent'anni che sembrava uno scugnizzo. Indossava una T-shirt bianca stropicciata, calzoni corti di tela e ciabatte infradito da spiaggia. Aveva la carnagione scura, capelli ricci e neri, occhi profondi color antracite dal taglio mediorientale, e un fisico magro e minuto che ricordava quello di un ragazzo. I lineamenti del volto erano marcati e aveva l'aspetto d'un individuo al quale era stato portato via tutto, fuorché la bellezza. Una bellezza mediterranea, acerba e spigolosa. Ci accomodammo uno di fronte all'altro a un tavolo di lato al bancone e Alfredo chiese se volevamo bere qualcosa. Ordinai un'acqua tonica, che mi avrebbe facilitato la digestione del baccalà fritto. Armando optò per un caffè.

«Che è successo a Myra?» domandò con una voce acuta, quasi infantile, e un marcato accento meridionale.

Le lunghe ciglia sbattevano con perplessità da orfano e negli occhi si leggeva qualcosa di più che preoccupazione. La sua sembrava la cruda angoscia di chi subisce la pressione della vita con una pelle troppo sottile.

«È scomparsa domenica mattina e da allora non abbiamo sue notizie.»

«Lei è un investigatore privato?»

«Mi chiamo Bacci Pagano», risposi, «sono stato assunto dal marito per ritrovarla. È stata Paula, la ragazza che viveva con lei, a darmi il suo nome.»

«Non sapevo che Myra si fosse sposata.»

«Si è sposata e si è anche laureata.»

Alfredo, che non si era perso una parola, sistemò il caffè e l'acqua tonica sul banco. Armando si alzò e trasferì tutto sul tavolo. Il fidanzato si appoggiò con le braccia conserte al bancone, proteso verso di noi, per seguire la conversazione.

Spiegai ad Armando quello che era successo tra sabato e domenica. Ascoltò con attenzione e alla fine disse: «Dunque se n'è andata di sua spontanea volontà».

Il mio racconto sembrava averlo rinfrancato, ma conservava un'aria corrucciata.

«È quello che vorrei scoprire.»

«Se è uscita con la borsa e ha portato via la sua roba, cosa c'è da scoprire?»

Sollevò la tazza e prese a sorseggiare il caffè che fino a quel momento aveva ignorato. Ebbi l'impressione che si stesse adombrando, e non mi sbagliavo. Infatti, disse: «Se ha deciso di andarsene, che la cercate a fare?».

Mi venne in mente che era stato un artista di strada, un randagio, e mi chiesi se per lui non fosse normale scomparire così, senza dare spiegazioni.

«Se è una sua scelta, non sarò certo io a riportarla dal marito.»

«E che altro potrebbe essere?» insistette. Si stava infervorando, e la voce e le movenze avevano assunto un che di isterico, al punto che Alfredo si sentì in dovere di riprenderlo: «Armando, sta' calmo, il signor Pagano fa solo il suo lavoro».

«So bene qual è il suo lavoro. Un marito che assume un investigatore non lo fa per accertarsi che la moglie sia in buona salute.»

«È sicuro d'essere ben informato?» replicai a muso duro. «Non sa niente di me, non conosce il mio cliente e non vede la sua amica da due anni.»

Scosse il capo e sfoderò un sorriso di condanna senza appello: «Quelli come lei non si fanno scrupolo di rovistare nell'intimità della gente come se fosse spazzatura. Il vostro scopo è mettere a nudo le debolezze delle persone per renderle ricattabili da quelli che vi pagano».

«Per qualcuno sarà così, ma non è il mio caso.»

«Conosco Myra e questo è più che sufficiente.»

«Allora mi spieghi com'è Myra.»

«Uno spirito libero, una ragazza che odia la stupidità, la volgarità e i pregiudizi.»

«Questo è interessante. Vuole parlarmene?»

«A quale scopo? Perché ne faccia tesoro contro di lei?»

«Ascolti, signor...»

Mi accorsi che ignoravo il suo cognome. Il cognome degli artisti di strada, dei questuanti e dei randagi non importa a nessuno. Potrebbero non averlo nemmeno, un cognome: Armando, Mohamed e Gegè sono più che sufficienti a risolvere il legame che la "gente normale" instaura con loro.

Fu Alfredo, che sembrava poco propenso a seguire il compagno nella crociata contro gli investigatori privati, a rispondere per lui.

«Mastrangelo», disse.

«Ho parlato con Paula e mi sono fatto l'idea che Myra sia una ragazza fuori dagli schemi», ripresi. «Ha lasciato il suo paese ma è rimasta legata alla famiglia, ha lavorato come entraîneuse per mantenersi e si è laureata in lettere antiche, è bella e determinata, ma non ha mai messo la bellezza al servizio delle proprie ambizioni...»

Quel sorriso vagamente disgustato non se ne voleva andare dalla sua faccia.

«Vedo che sa un mucchio di cose. Cosa vuole scoprire ancora?»

«Le ha mai accennato di sentirsi in pericolo?»

«Era in pericolo?»

«Le ha mai descritto il posto di lavoro come una possibile fonte di minacce?»

«Non amava quel lavoro, se è questo che vuole sapere.»

«Perché?»

«Perché gli sguardi dei clienti la sporcavano.»

«Glielo ha detto lei?»

«Non proprio, diceva che la infastidiva essere guardata in quel modo per tutta la notte, ma sapeva anche riderci sopra. La complicità con le altre ragazze, e in particolare con Paula, la aiutava a ignorarli e le permetteva di farseli scivolare addosso. Dipendeva dalle giornate, c'erano serate in cui tutto filava liscio e altre in cui qualcuno beveva più del necessario e diventava molesto, allora doveva intervenire la sicurezza, ma a sentire Myra e Paula succedeva di rado.»

«A proposito della sicurezza: le ha mai detto di sentirsi oppressa, controllata?»

«Lei non era né oppressa né controllata, il suo capo la trattava con rispetto e la pagava bene, altrimenti se ne sarebbe andata. Gliel'ho detto: Myra era uno spirito libero e riusciva in tutto, qualunque cosa facesse: sapeva cucinare, traduceva a braccio dal latino, parlava correntemente quattro lingue – russo, italiano, inglese e francese – suonava il pianoforte e si intendeva di arte contemporanea: per una così, non sarebbe stato difficile trovare un altro lavoro.»

«Però non l'ha cercato, anche se la sua famiglia non era contenta che facesse la cameriera in un night club. Per andarsene ha aspettato che un uomo facoltoso, ben più vecchio di lei, le proponesse di sposarlo.»

Mi lanciò un'occhiata torva e il labbro inferiore ebbe un fremito. «Dove vuole arrivare?»

«Voglio scoprire perché è scomparsa.»

«Non la bevo», replicò con una smorfia di indignazione. «Ha appena insinuato, senza neanche averla conosciuta, che quel mestiere le faceva comodo perché le piacevano i soldi facili.»

«Ho messo in fila le sue affermazioni: lei ha detto che guadagnava bene, aveva talento e la infastidiva essere guardata *in quel modo.* Cosa significa? Se la disturbava servire ubriaconi infoiati vestita come una coniglietta di "Playboy", perché non ha cercato lavoro come interprete o pianista in un lounge bar?»

«Sa cosa è lei? Un ruffiano. Non mi stupirebbe se il suo cliente fosse uno di quegli uomini pieni di soldi che credono di poter comperare tutto, anche la moglie. Crede forse che Myra sia roba sua, un cane a cui rimettere il guinzaglio?»

«Armando, ora stai esagerando», lo rimproverò il padrone del bar, vincendo l'intorpidimento della cannabis. «Il signor Pagano ha appena detto che non intende riportare Myra a casa, ma solo accertarsi che stia bene.»

Il suo intervento era motivato dal più trito buonsenso, ma fra le righe si avvertiva l'eco d'una remota gelosia. Forse non si aspettava che il suo compagno arrivasse a scaldarsi tanto per le sorti di un'amica che non vedeva da più di due anni. Mi domandai se la reazione di Armando fosse provocata solo dall'affetto che lo legava a Myra o se sotto c'era dell'altro. Per capirlo non mi restava che insistere e continuare a provocarlo.

Mi rivolsi ad Alfredo e dissi: «Armando ha ragione, il mio lavoro non gode di grande considerazione, come quello degli spazzini e dei beccamorti. Anche noi trattiamo materiale che la gente preferisce tenere a distanza, roba che nel migliore dei casi produce puzza o inquietudine. Eppure, il mondo ha bisogno di qualcuno che smaltisca la rumenta, seppellisca i cadaveri e cerchi le giovani dal brillante avvenire che scappano di casa e si cacciano nei pasticci. Le anime belle si indignano, ma in fin dei conti si girano dall'altra parte...».

Armando picchiò il pugno sul tavolo e con una vocina stridula, sgradevole, urlò: «Che ne sai tu, stronzo?».

«...e si fanno i beati cazzi loro.»

«Guardami in faccia quando parli con me!» insistette.

Ficcai lo sguardo nei suoi occhioni scuri e, senza alzare la voce, proseguii: «Sono due anni che non ti fai vivo con quelle ragazze. Non conosco Myra, ma so che Paula c'è rimasta male. È questo il tuo modo di concepire l'amicizia? Per te è normale uscire di soppiatto una mattina con la valigia senza lasciare un biglietto di spiegazione? È così che concepisci la chiusura di una relazione? Prova a metterti nei panni del mio cliente, e dimmi cosa frullerebbe nella tua testolina di libertario duro e puro se il tuo compagno ti mollasse in quel modo».

«Per quel che ne so», farfugliò, «potrebbe trattarsi d'un despota dal quale è scappata.»

«Questo l'avevo capito. Anche se non lo hai mai incontrato, nella tua mente il mio cliente *è* un despota, un uomo ricco che col denaro vuole controllare la vita degli altri. Ciascuno è prigioniero dei propri schemi e pregiudizi, e tu non fai eccezione.»

«Finito?»

Scrollai le spalle e svuotai il bicchiere di acqua tonica.

«Paula ti avrà raccontato qualcosa di me», disse passando a un tono più pacato.

«Mi ha detto che sei un artista di strada, ma a quanto pare hai trovato un focolare. Buon per te.»

Passava la tazzina da una mano all'altra e ne scrutava il fondo, quasi cercasse di leggerci il futuro; invece stava inseguendo dolorose tracce del passato. Dopo avere esitato, disse: «Dormivo sulle panchine dei parchi, nei cartoni sotto i ponti, dove capitava. Estate e inverno. E vuoi sapere perché, detective?».

Col ricordo la rabbia aveva ripreso a montare.

«Perché *qualcuno* che disponeva di denaro e potere voleva controllare la mia vita. Non accettava quello che ero e si era dato il compito di farmi diventare uguale a *lui*. E come credi che me ne sia andato? Lasciando lettere di scuse e biglietti di ringraziamento? Una notte ho riempito lo zaino e sono scappato. Ero diventato maggiorenne e nessuno poteva venire a cercarmi.»

«Si trattava di tuo padre?»

«Il mio patrigno: mio padre è morto quando avevo sei anni.»

«E tua madre?»

Ora fu lui a scrollare le spalle. «Se la faceva con la bottiglia. Era il solo modo per sopportare un marito così.»

Mi salì dal fondo del cuore e dissi: «Dunque anche tu sei un artista della fuga».

Speravo di alleggerire l'aria, e infatti scoppiò a ridere, ma era una risata enfatica, ancora incrostata dalla ruggine che gli impediva di lasciarsi andare.

«Cosa ho detto di tanto divertente?» domandai.

«Non ti hanno informato che suono la chitarra classica?»

«Mi hanno parlato di Elvis Presley e dei Police.»

«Quelli funzionano per fare cassa, ma il mio preferito è Bach.»

«Allora abbiamo gli stessi gusti», replicai.

Quindi, riponendo nella voce tutto il calore di cui ero capace, dissi: «Questa è la *tua* storia, Armando. Ma prova per un attimo a considerare che il marito di Myra sia davvero preoccupato per lei».

«Myra è una ragazza che sa quello che vuole. Non è il tipo che pianta in asso qualcuno senza motivo», rispose convinto.

«Lo credo anch'io. Per questo la sto cercando.»

7.

UN UOMO IMPAGLIATO

Lasciato l'Asso di Picche mi ero rintanato nell'ufficio di piazza De Marini, dove tutto era ormai imballato e pronto per il trasloco. Dal giorno successivo la sede dell'agenzia «Dottor Giovanni Battista Pagano. Investigazioni» sarebbe stata reperibile al civico 10 di stradone Sant'Agostino. Non mi restava che telefonare all'efficientissimo Pepe, il giovane ecuadoriano che con il suo Porter Piaggio eseguiva trasporti rapidi e sicuri a prezzi concorrenziali.

Stavo per chiamarlo, quando squillò il telefono.

Prima di rispondere, come un pitbull inferocito, mi azzannò il pensiero che forse quella era l'ultima volta che lo sentivo suonare. Avevo trasferito il numero e dal giorno dopo, giovedì, la SIP avrebbe allacciato la linea al nuovo indirizzo.

Sollevai la cornetta col riguardo che si deve a una reliquia. Era il mio amico Totò Pertusiello.

«Guaglio', porto cattive notizie», attaccò. «L'amico d'un amico mi ha mandato a dire che il conto corrente della donna scomparsa è in letargo.»

«Che vuol dire "in letargo"?»

«Da giovedì scorso, quando ha prelevato centomila lire allo sportello bancomat della Cassa di Risparmio di piazza Santa Sabina, non è registrato nessun movimento.»

«Nessuna operazione.»

«Esatto. Mi dispiace, non è un buon segno.»

«Perché? Non è quel che farebbe una persona determinata a non farsi trovare?»

Emise un mugolio che manifestava più dissenso che perplessità.

«Non sei d'accordo?»

«Forse che sì, forse che no.»

Dopo Machiavelli era la volta di D'Annunzio. Il commissario non perdeva occasione per fare sfoggio di citazioni. La cosa non mi infastidiva perché sapevo che non lo faceva per sé, per esibire la propria cultura e pavoneggiarsi, ma per me – che in carcere mi ero guadagnato una inopinata laurea in lettere –, con l'intento di rinsaldare la nostra complicità. Fratelli nelle indagini, fratelli nelle buone letture, che poi significava sentirsi in sintonia non solo nel mondo reale, in cui ci si vende e ci si sporca, ma negli infiniti mondi possibili evocati dalla letteratura.

«Una cosa è certa», proseguì, «sarà difficile per te portare a termine l'incarico.»

«È questa la cattiva notizia?»

Lasciò uscire un secondo borbottio ed evitò di rispondere. Invece aggiunse: «Però posso ragguagliarti sui movimenti del conto fino a quel momento».

«Ci sono prelievi di grosse cifre che suggeriscano che stava preparando una fuga?»

Fece una pausa, forse per inforcare gli occhiali da vista.

«Direi di no.»

«Acquisti di biglietti aerei o ferroviari?»

«Neppure e, a quanto vedo, la tua fuggitiva non era una gran spendacciona.»

Stava scorrendo l'estratto conto bancario.

«Corrisponde a quanto mi ha raccontato la sua ex coinquilina», confermai.

«Il marito la foraggiava con parsimonia tutta genovese: il saldo del conto ammonta a poco più d'un milione. Con quella cifra non andrà lontano.»

«Che altro puoi dirmi?»

«Il tuo cliente è un tipo geloso?» chiese a bruciapelo.

«Perché mi fai questa domanda?»

«Un uomo di mezza età, innamorato della moglie giovane, bella e intraprendente... Non dirmi che non ci hai pensato.»

«A cosa ti riferisci?»

«La gelosia a volte fa perdere la testa.»

«È stato il mio primo pensiero, ma manca il movente. Lei non era interessata ad altri uomini.»

«Come puoi esserne certo?»

«Me l'ha assicurato la sua amica, che la conosceva bene.»

«Al posto tuo, approfondirei. E comunque, anche Desdemona era irreprensibile. Ricordi? "Ch'io abbia dato al Moro l'amor mio..." eccetera eccetera. Era sincera, povera guagliona, ma sappiamo come è andata a finire.»

«Qui non c'è nessun perfido Iago di mezzo.»

«Magari c'è un Otello con le sue fisime, va' a sapere.»

Quando chiusi la telefonata, mi accorsi di masticare un vago sapore amaro. In mezzo a quegli scatoloni, tra la libreria spoglia e la scrivania vuota, mi sentivo sperso, sconfitto. Mi detti una scrollata e chiamai Pepe per fissare l'appuntamento per il trasloco: ci saremmo visti il giorno dopo alle otto del mattino in piazza De Marini. Il dado era tratto, e la sensazione di avere perduto per sempre qualcosa non voleva andarsene.

Mi trovavo in quello stato d'animo quando suonò il citofono. Un trillo deciso e prolungato che non lasciava presagire niente di buono. Andai a rispondere con la speranza che si trattasse di un galoppino che distribuiva volantini pubblicitari, di un volenteroso militante di Lotta Comunista o perfino di un testimone di Geova. Non poteva trattarsi di propaganda elettorale perché le elezioni politiche, quelle che avrebbero inaugurato il fulgido ventennio della storia d'Italia chiamato seconda repubblica, si erano appena svolte.

Invece era lei. La mia fidanzata psicologa.

Con la dottoressa Mara Sabelli, psicoanalista infantile, ci eravamo conosciuti due anni prima a casa di amici, in occasione di una festa di compleanno. Io c'ero andato con Clara, mia moglie, e lei arrivò poco dopo con un giovane collega pieno di sé che per tutta la sera non fece che vantare i propri successi nel trattamento dei disturbi sessuali degli adolescenti. Un pallone gonfiato che mi fece compiangere i poveri ragazzi che improvvidamente incappavano nelle sue cure. La notai subito, lei fece altrettanto, e il pesante gioco di sguardi che ne seguì, propiziato dal fatto che entrambi c'eravamo andati giù pesante con gli alcolici, si protrasse fino al momento in cui lasciò la festa.

Clara non sembrò accorgersi di niente, salvo rinfacciarmi al momento della separazione che l'avevo umiliata flirtando sfacciatamente con una delle mie puttane. In realtà non avevamo scambiato neanche una parola e c'eravamo tenuti a una prudente distanza di sicurezza, ma i suoi occhi grigio-verdi non mi avevano mollato un istante e ricordo che quella notte vennero a disturbarmi anche in sogno.

Dopo qualche giorno, fui io a cercarla al telefono e quando mi chiese come l'avevo trovata le spiegai che di mestiere facevo l'investigatore privato. Trovare le persone era il mio lavoro. Cominciò così la nostra tormentata relazione clandestina.

A quel tempo lei viveva da sola in un appartamento di piazza Invrea, dove si era ritagliata anche lo studio, un costoso regalo con cui il padre, l'illustre avvocato Sabelli, sperava di farsi perdonare la lunga latitanza che lo aveva visto uccel di bosco negli anni in cui Mara era una bambina e poi una ragazzina e aveva un disperato bisogno di lui. Ci incontravamo in quel grande appartamento affacciato sui tetti della città vecchia, come fanno gli amanti che si devono nascondere, anche se lei era libera come l'aria e come le rondini che in estate guardavamo nidificare sotto il tetto.

Mara non si mostrava smaniosa di nidificare e per due anni non mi chiese neanche una volta di lasciare mia moglie. In compenso ogni tre mesi, adducendo le motivazioni più bizzarre, se ne usciva con un teatrale: «Bacci, è finita, non dobbiamo più vederci», e mi piantava in asso.

A volte penso che quel ménage abusivo avrebbe potuto durare cent'anni, ma a me non andava bene e decisi di separarmi. Finalmente potevamo mostrarci insieme in pubblico, anche se nessuno di noi pronunciò mai la parola «convivenza». Uscivamo a cena, facevamo jogging al parco del Peralto, andavamo al cinema – l'ultimo film visto insieme era stato *Dellamorte Dellamore* di Soavi, tratto dai fumetti di Dylan Dog per cui Mara andava pazza – ci eravamo spinti a programmare una vacanza in Grecia e continuavamo a trascorrere le notti in piazza Invrea perché lei non voleva saperne di mettere piede nell'appartamento di via del Colle.

Ai primi di maggio era partita per Londra dove frequentava il corso di specializzazione in psicoanalisi infantile. Era da una settimana che non ci sentivamo, non so quanto avvertissimo ciascuno la mancanza dell'altro, ma certo non avevamo dimenticato il legame che ci univa.

Spalancai la porta e la vidi uscire dall'ascensore e materializzarsi sul ballatoio come un fantasma. Sul volto, appena segnato da impercettibili, deliziose lentiggini, aleggiava un'espressione criptica, indecifrabile. Ne afferrai subito il significato: aspettava di capire quale sarebbe stata la mia reazione alla sua vista. Era andata dal parrucchiere e i profumati capelli castani che ricadevano soffici sulle spalle non c'erano più. Al loro posto un taglio maschile che le scopriva le orecchie e faceva risplendere due lucenti pendenti d'oro con all'estremità una goccia d'ambra color del miele. Indossava una salopette di jeans sopra una T-shirt bianca e scarpe da ginnastica. Attraversò l'ampio pianerottolo e mi venne incontro con la sua camminata leggermente dinoccolata, la testa appena incassata nelle spalle, senza distogliere lo sguardo dal mio.

«Ciao, Bacci», disse abbozzando un sorriso incerto, guardingo.

«Ciao, Mara. Quando sei tornata?»

«Ieri sera, dopo un viaggio infernale. L'aereo portava sei ore di ritardo. Ho fatto una doccia e mi sono infilata a letto senza neanche cenare.»

Lasciai che entrasse in sala d'aspetto e richiusi la porta. Eravamo vicinissimi e stavo per baciarla, ma persi l'attimo e lei sgattaiolò via e si infilò nell'ufficio. Appena vide la stanza ingombra di scatoloni ebbe un sussulto. «Dio mio, che casino», commentò.

«Domattina trasloco.»

«Dunque ci siamo, finalmente esci dal limbo.»

Non risposi e mi limitai a stringermi nelle spalle.

«Ti sei già trasferito nella nuova casa?»

«Non ancora. L'appartamento non è pronto, mancano gli ultimi ritocchi», risposi.

Mi lanciò un'occhiata obliqua, gli occhi ridevano, ma non di contentezza. «È l'appartamento a non essere pronto?»

«Anche quello», ammisi.

Dopo avere pagato un prezzo così alto per sottrarmi alla necessità di mentire, non potevo raccontare altre balle.

Con le dita infilate nelle tasche dei jeans, cominciò una lenta, tortuosa gimkana in mezzo alle pile di scatoloni. Si guardava intorno e mi ignorava. A un tratto borbottò: «Ti hanno detto che hai una faccia patibolare?».

«Sarà la fatica di uscire dal limbo.»

«Si profila un parto difficile: attento che il cordone ombelicale non ti strozzi.»

«Ho accettato un nuovo caso che mi sta rallentando.»

«Che malaugurata coincidenza!» replicò, sempre facendo lo slalom tra i cartoni. Al netto del sarcasmo, si muoveva come un poliziotto svogliato nel mezzo di una perquisizione.

Mi sedetti sulla poltrona girevole addossata alla parete e dissi: «Sono alla ricerca d'una giovane donna scomparsa».

«Eccola: sono qui», sbottò con una risatina acida.

«Parlo sul serio.»

«Quando si tratta di lavoro, tu sei sempre serio. È nella vita privata che diventi... evanescente. Prima di partire ti ho lasciato il numero di telefono dell'albergo di Londra, speravo che mi chiamassi, ma non è successo. Evidentemente avevi altre priorità.»

«Potevi chiamare tu.»

«L'ho fatto. Dopo cinque giorni che non ti facevi vivo ho telefonato due volte: lunedì, quando sono rientrata in hotel – era tardi, tornavo dalla cena di commiato offerta dai colleghi – e ieri sera, appena l'aereo è atterrato. Ma non ti ho trovato, né a casa né qui in ufficio.»

Ripensai alle sere precedenti: lunedì ero al Gardenia e ieri a casa di Carlo Pizarro, a Nervi.

«Mi dispiace, sono stato fuori per lavoro.»

«Non ho neanche potuto lasciare un messaggio in segreteria.»

«Lo so, l'ho staccata per imballarla.»

«A quanto pare, anch'io sono alla ricerca di una persona scomparsa.»

«Non è un periodo facile. Non immaginavo che tutto mi franasse addosso in questo modo», dissi col tono di chi agita la bandiera bianca, implorando una tregua.

Mara si bloccò di scatto, rivolse la testa verso di me e finalmente si decise a guardarmi negli occhi. «Ti sei pentito?» domandò.

«Di cosa?»

«Delle tue scelte: la separazione e tutto il resto.»

«No», risposi convinto.

«E allora che succede?»

«Mi sembra di camminare sull'orlo d'un precipizio, ma la separazione non c'entra. Anzi, è stata una scelta necessaria, lo scotto da pagare per fare chiarezza. Ma evidentemente non basta.»

«Che ti prende? È la crisi della mezza età?»

«Mi sento già vecchio e decrepito, impreparato ad affrontare quello che mi aspetta.»

«Cazzo, Bacci, hai appena quarant'anni.»

«Ma vedo intorno a me un mondo che non è più casa mia. Una città che non è più la mia città, tutta leccata per i turisti, le vecchie case fatiscenti e quelle restaurate in attesa di essere derattizzate della povera gente che le abita. E il secolo, anzi il millennio, che arriva alla velocità della luce e sta per travolgermi.»

«Mancano ancora sei anni...»

«Ieri sono stato a Multedo: fa male vedere le fabbriche vuote e abbandonate, le industrie fatte a pezzi come quarti di bue e svendute al peggior offerente, gli operai relegati in pensione anzitempo, una insulsa corsa all'innovazione tecnologica, anche quando è inutile o addirittura dannosa. Prendi i telefoni mobili, sembra che tra pochi anni nessuno ne farà a meno, ma a che cazzo servirà avere un telefono sempre con sé, se non a finire in perenne balia degli altri e a disimparare a restare soli? E per rendere tutto più indigeribile, sono tornati i fascisti al governo...»

Mi venne incontro con l'aria di volermi prendere a schiaffi e, in un certo senso, è quello che fece. «Ma ti senti quando parli? C'è una terribile definizione di Eliot che ti calza a pennello.»

«George Eliot?»

«No, Thomas. In hotel a Londra mi è capitato fra le mani un libro con le sue poesie. Qualche cliente lo aveva dimenticato, o forse l'ha lasciato di proposito: gli inglesi amano gli animali, il tè e i poeti naturalizzati britannici. Ne ho trovata una che ricordavo quasi a memoria, *The Hollow Men.* La conosci?»

«Gli uomini vuoti? Forse l'ho letta quando ero in carcere.»

«Allora non ricorderai un cazzo. Eliot parla di *stuffed men*, uomini impagliati, per i quali *this is the way the world ends, not with a bang, but a whimper.*»

«Questo è il modo in cui finisce il mondo, non con uno schianto, ma con un...»

«Piagnisteo, Bacci. Il mondo finisce con un piagnisteo. Ecco quello che sei diventato: un uomo impagliato.»

8.

INAFFERRABILE

Alle dieci del mattino il trasloco dell'agenzia investigativa era ultimato. Il mio nuovo ufficio, al quinto piano del civico 10 di stradone Sant'Agostino, era ingombro di mobili e scatoloni affastellati uno sopra l'altro. Avevo saldato il conto a Pepe, ci eravamo stretti la mano e, ora che se n'era andato ed ero rimasto solo, presi ad aggirarmi per il piccolo appartamento come un ospite sgradito in attesa che il padrone di casa mi desse udienza. L'appartamento era costituito da una grande stanza con portafinestra e terrazzino affacciato sulla facoltà di architettura, un'anticamera destinata a sala d'aspetto e il bagno. Il fatto che il padrone e l'ospite fossero la stessa persona rendeva tutto più difficile, soprattutto perché entrambi avrebbero dovuto darsi una mossa e cominciare a fare ordine, svuotando i cartoni e sistemando al loro posto libri, documenti, telefono e ninnoli vari.

La luce del mattino inondava la stanza senza ritegno, conferendo all'ambiente il crisma della cruda e incontrovertibile realtà. Era una giornata di sole e mi soffermai a osservare gli studenti che chiacchieravano nel giardino pensile dell'università. Mi suscitavano un po' di invidia perché quella di frequentare i corsi universitari era un'esperienza che avevo conosciuto per un tempo brevissimo, giusto qualche mese: sapevo a malapena cosa significasse seguire le lezioni, prendere appunti e bighellonare fuori dalle aule corteggiando le compagne di studi, e quella mancanza mi aveva fatto sentire un alieno, uno studente diverso dagli altri. Mi ero laureato in lettere durante la detenzione a Novara e dal carcere venivo a Genova per sostenere gli esami scortato da due guardie, come Pinocchio. Una di loro, quella che aveva convinto il direttore a consentire le trasferte, assumendosi in prima persona il rischio d'una mia eventuale – e assai improbabile – fuga, sarebbe diventato uno dei miei pochissimi amici. Si chiamava Virgilio Loi e proveniva da un paese dell'Ogliastra chiamato Tertenia, nel sud-est della Sardegna.

Ripresi a guardarmi intorno, con le spalle rivolte al terrazzino. I muri tinteggiati di bianco spandevano odore di vernice fresca e rimandavano una sensazione di pulizia asettica, da corsia d'ospedale. Sulla parete alla mia sinistra c'era la porta che comunicava con il corridoio dell'abitazione; era chiusa e dall'altra parte arrivava il rumore degli operai al lavoro. Su quella di fronte l'accesso alla sala d'attesa e al bagno, entrambi poco più che bugigattoli privi di finestra, era spalancato. L'ingresso dell'ufficio e dell'abitazione sul ballatoio erano attigui e sulla porta del primo avevano già avvitato una lucente targa di ottone con la scritta: DOTT. GIOVANNI BATTISTA PAGANO. INVESTIGAZIONI.

Uscii fuori per osservarla meglio, nella speranza di liberarmi dal senso di estraneità che mi assaliva ogni volta che entravo in quella casa. Dopotutto c'era impresso sopra il mio nome e per chissà quanti anni quelle stanze sarebbero state il posto dove avrei ricevuto i clienti, ascoltato le loro storie e pianificato il mio lavoro.

In quel momento, mentre stavo lì sul pianerottolo a contemplare la targa come se fosse uno specchio dove mi sforzavo di riconoscere la mia faccia, udii alle mie spalle lo schiocco secco dell'ascensore che si bloccava al piano. Mi voltai, la porta si aprì e ne uscì lo scugnizzo Armando Mastrangelo. Indossava una polo granata, jeans neri e un paio di espadrillas di corda. I capelli erano lucidi di gel e, appena sfilò gli occhiali da sole, gli occhi brillarono come due scintillanti gocce di inchiostro. Non so cosa gli passò per la testa vedendomi lì, intento a scrutare una stupida targa neanche fosse una sfera di cristallo. Fatto sta che mentre usciva dall'ascensore sorrise, guardò la scritta e commentò: «Accidenti se luccica. Quasi mette soggezione».

«Che ci fai qui?» domandai stupito.

«Sono stato in piazza De Marini e mi hanno detto che si era appena trasferito.»

«In questa città è impossibile nascondersi.»

«Ha cinque minuti? Vorrei parlarle di Myra», disse.

Sempre più sorpreso, lo invitai a entrare e richiusi la porta. Superammo la sala d'aspetto e lo feci accomodare su una delle sedie addossate alla parete dell'ufficio. A mia volta sedetti di fronte a lui, sopra una cassa di libri.

«Ti ascolto», dissi.

Mi osservava con uno sguardo limpido, quasi fanciullesco, senza imbarazzo ma anche senza traccia del piglio aggressivo che aveva ostentato nell'incontro all'Asso di Picche. Mi domandai se si fosse fatto un esame di coscienza o se non fosse stato Alfredo, il suo compagno, a fargli pressione perché venisse a cercarmi.

«Mi dispiace per le parole di ieri, non rispecchiano quello che penso», attaccò. «Mi sono fatto prendere la mano. Lei ha ragione: ci ho messo del mio, roba che non ha niente a che fare con Myra.»

«Non sarai venuto solo per scusarti», replicai.

«Certo che no. Dopo che se n'è andato ho riflettuto su quello che ha raccontato, non ci ho dormito la notte. L'idea che Myra sia in pericolo non mi dà pace. Allora mi sono detto: forse posso fare qualcosa.»

«Pensi di poter fare qualcosa?»

«È quello che spero. Appena Myra è arrivata qui dall'Ucraina, prima di trovare lavoro e andare a vivere con Paula, ha preso alloggio all'ostello della gioventù di Quarto. È il posto dove andavo a dormire durante l'inverno. Gli artisti di strada fanno pensare alla vita spensierata e incosciente delle cicale, ma in realtà assomigliano assai di più alle formiche. Deve essere così se vogliono sopravvivere senza ammalarsi. In estate è facile campare alla giornata, dormire all'aperto o dove capita. Ma quando arrivano i primi freddi, è buona cosa aver messo da parte abbastanza denaro per garantirsi un ricovero caldo per la notte. Questo vuol dire che la metà di quello che raccogli lo spendi per nutrirti, lavarti, fare manutenzione alla chitarra e all'attrezzatura e magari toglierti qualche sfizio, ma metà devi metterlo da parte per quando arriverà l'inverno. Ma forse questo discorso non le interessa...»

«Al contrario, mi sento abbastanza randagio da mettermi nei tuoi panni.»

«È stato lì, all'ostello, che ho conosciuto Myra. Era l'inverno del 1988. Lei conosceva poche parole di italiano e io le ho dato qualche lezione. Lo studiava anche per conto suo e sono rimasto impressionato dalla velocità dei suoi progressi: dopo due mesi parlava e capiva perfettamente la nostra lingua. Aveva qualche soldo da parte che le consentiva di sopravvivere, ma si trattava di poca roba e si stava esaurendo in fretta. Non poteva aspettare, doveva trovare subito un lavoro per mantenersi. Si è proposta in diverse scuole private per insegnare russo, ma i corsi erano già iniziati e non ha trovato nulla. Mi sono dato da fare, ho chiesto nei bar, ristoranti e negozi del centro se avevano bisogno di una cameriera o di una commessa che parlava quattro lingue, ma senza risultato. Eravamo sotto Natale e il solo lavoro che è uscito fuori è stato un part-time di quindici giorni in libreria, a confezionare pacchi regalo. È stato lì che il direttore del Gardenia l'ha vista e ne è rimasto folgorato. Le ha lasciato il biglietto da visita e ha detto che l'avrebbe assunta subito. La sera dopo che si erano risentiti è rimasta nella mia stanza a parlare fino a notte fonda. Lui le aveva assicurato che si trattava di un lavoro onesto: avrebbe servito ai tavoli in costume da coniglietta, ma evitando qualunque contatto fisico con i clienti. Se qualcuno si fosse spinto a toccarla, o avesse esagerato con gli apprezzamenti, doveva rivolgersi alla sicurezza. Ne andava della reputazione del locale. E la paga era più che buona. Myra era combattuta, non sapeva decidersi e continuava a chiedermi: "Armando, cosa devo fare?", ma io non avevo una risposta.»

«Cosa la frenava?»

«Il fatto di servire ai tavoli non troppo vestita non era un problema per lei. Myra era libera e sessualmente disinibita. Se mai si preoccupava di come l'avrebbero presa i genitori...»

«Libera e sessualmente disinibita? Come fai a dirlo?»

Distolse lo sguardo e il suo bel viso, dall'incarnato scuro, avvampò d'un rossore improvviso. Rimase così, a fissare il pavimento senza dire una parola. La sua vergogna, improvvisa e incontrollabile, sembrava la stessa che pervade gli adolescenti quando c'è di mezzo il sesso. Ma lui era un uomo di oltre trent'anni e non un ragazzino.

Improvvisamente il quadro mi si fece chiaro, e l'enfasi con cui mi aveva attaccato al cospetto del suo compagno acquistò un significato preciso.

«Avete avuto una relazione?» domandai.

Assentì col capo e farfugliò: «Ci abbiamo provato».

«Un segreto ben custodito.»

«Un segreto che deve rimanere tale», replicò deciso. «Che ci creda o no, lei è la sola persona a saperlo. Ma è giusto così, se c'è di mezzo la sicurezza di Myra.»

Gli occhi vagavano per la stanza come mosche impazzite. «Tutto è cominciato come un gioco, nella mia camera dell'ostello. Myra sapeva che a me piacciono i ragazzi, ma ha cominciato a provocarmi. Non credeva che potessi restare indifferente davanti al corpo di una bella donna e una sera mi ha sfidato a giocare una partita di strip poker. Credo che lo abbia fatto apposta a perdere tutte le mani, giocava le carte sbagliate e nel giro di pochi minuti si è ritrovata completamente nuda. Aveva ragione: non sono rimasto indifferente.»

«Ho visto una sua fotografia e non stento a crederlo.»

«Nella vita non mi era mai successo, è stata la prima volta che ho provato attrazione per una donna.»

Mi tornò in mente Carlo Pizarro, quando aveva intonato la loro canzone, e mi risuonarono in testa le note di *Irresistibilmente.* Ma volevo capire meglio e domandai: «Si è trattato solo di questo? Attrazione fisica?».

Sembrava essersi liberato di un peso e ora aveva mutato espressione: il volto si era rilassato, finalmente poteva respirare e guardarmi negli occhi.

«No, dottor Pagano», disse passandosi una mano sui capelli. Si avvertiva nella sua voce una nota dolorosa, una ferita che faceva ancora male. «Myra era incantevole. Era impossibile non amarla. Se ci penso adesso mi sembra una follia, ma so che è successo: mi sono innamorato di lei, al punto di soffrire come un cane al pensiero che uomini sconosciuti la guardassero arrapati mentre mezza nuda serviva ai tavoli. E quando mi ha detto che si sarebbe trasferita da Paula... per me è stata 'na mazzata tremenda. Mi sono sentito abbandonato, messo da parte.»

«E lei, ti ricambiava?»

«Sì, credo che anche lei fosse presa. A modo suo.»

«Che significa *a modo suo*?»

«Le piacevo, provava per me una forte attrazione fisica e mi voleva bene. Ma era una persona diversa dalle altre, fuori dal comune...»

«Spiegati meglio.»

«Le sue giornate erano piene di impegni e si faceva guidare dalla testa.» Portò il dito indice alla tempia. «Era un panzer, guidata da una disciplina di ferro. Al primo posto venivano gli obiettivi che si era data; laurearsi e insegnare all'università. Le piaceva fare l'amore, ma lo studio era di gran lunga la prima cosa che occupava i suoi pensieri. Il suo fascino era una forza della quale non era minimamente consapevole e questo faceva sì che non si curasse dei sentimenti che scatenava negli altri. Non lo faceva per insensibilità o egoismo, anzi, Myra è una delle persone più generose che abbia mai conosciuto. Semplicemente non si rendeva conto, c'era in lei una specie di candore, di ingenuità, che la portava a comportarsi come Alice nel Paese delle Meraviglie, sempre pronta a stupirsi di tutto, ma senza mai coinvolgersi, se non nello studio a cui dedicava tutte le sue energie. All'inizio ci vedevamo ogni giorno e trascorrevamo la notte insieme; dopo che è andata a vivere con Paula abbiamo smesso di farlo. Non ho mai saputo perché, ma non voleva che la sua amica sapesse di noi due. Quando ha cominciato a frequentare l'università, abbiamo preso a incontrarci sempre più di rado e per me è stato un supplizio. Quando le ripetevo che mi mancava e che le mie giornate senza di lei erano vuote, si dispiaceva, ed era sincera, è perfino arrivata a piangere, ma in fondo non capiva. Mi rispondeva che non si può vivere senza progetti, che stavo buttando via la mia vita e mi ripeteva che dovevo avere più coraggio, sfruttare il mio talento trasformando la musica in una professione. Certe volte si arrabbiava ed è capitato che abbiamo finito per litigare. Aveva ragione, io sono indolente, mi piace suonare, ma posso anche stare intere settimane senza toccare la chitarra e non sentirne la mancanza. Io vivo nel presente, mi lascio guidare dall'istinto, come gli animali. Non sono come lei.»

«Era ambiziosa?»

Sorrise e fece ancora no con la testa. Sembrava adombrare la convinzione, o il timore, che quello di Myra fosse uno spirito inafferrabile e dunque impossibile da descrivere: comunicare in parole quello che lei era davvero risultava un compito al di sopra delle sue possibilità. Il suo racconto si accompagnava infatti a un'espressione trasognata e incredula, e lo sguardo evocava un'immagine circonfusa da un alone quasi magico.

«Ecco, questa è un'altra particolarità di Myra», riprese. «Sono convinto che il suo desiderio di lavorare all'università non fosse per ambizione. Non le interessavano né il prestigio sociale né i soldi. Ricordo che una sera, dopo che avevo protestato perché non mi aveva telefonato, disse con le lacrime agli occhi che non dovevo arrabbiarmi, che lei teneva tanto a me, ma non era colpa sua se quando si immergeva nello studio la cognizione del tempo andava a farsi benedire. Era sincera. Del lustro e dei titoli accademici non gliene fregava niente. Quello che la appassionava era studiare, conoscere, fare ricerca. Immagino che fosse un'eredità dei suoi genitori.»

Si capiva che il bel Mastrangelo era ancora rapito dal pensiero della giovane ucraina. E il fatto che continuasse a tenere segreto il suo amore lo confermava. Forse erano stati necessari due anni di blackout, senza vederla né sentirla, per smaltire la sbornia e avviare la nuova relazione con un uomo che gli dava sicurezza economica e soprattutto affettiva.

«Il tuo compagno è un tipo geloso?» domandai a bruciapelo.

«Non gliene ho mai dato motivo», si schermì. Poi si rese conto che stava contraddicendo tutto quello che aveva appena raccontato e si corresse: «Sì, lo è: geloso e possessivo».

Lo avevo intuito dal modo in cui Alfredo mi aveva accolto al bar e da come aveva seguito la nostra conversazione. C'era però ancora un aspetto che mi stava a cuore e volevo chiarirlo subito.

«Hai accennato alla sicurezza di Myra», dissi. «Temi che sia in pericolo?»
«Non so, è stato lei a mettermi il dubbio.»
«Hai conosciuto un tale Zerillo, il direttore del Gardenia?»
«Non di persona. Qualche volta Myra me ne ha parlato.»
«E cosa ti ha detto?»
«Era un tipo esigente. Pagava bene ma pretendeva che sul lavoro le ragazze dessero il massimo.»
«Cosa significa?»
«Non è facile da spiegare. Dovevano spingere i clienti a consumare il più possibile e, nello stesso tempo, attenersi a regole di comportamento molto rigide, tipo mantenere un contegno che non alimentasse equivoci, non dare confidenza, evitare contatti al di fuori del lavoro e non fare nulla che portasse gli avventori a confondere il Gardenia con una casa di appuntamenti. Questa era una tutela per le ragazze, oltre che una garanzia della buona reputazione del locale, ma voleva dire camminare sul filo del rasoio. Mantenere l'equilibrio era un lavoro faticoso.»
«Non per Myra: secondo quanto mi ha riferito a lei veniva naturale rendersi desiderabile mantenendo un contegno irreprensibile.»
«È vero: il suo era un dono», confermò con un sorriso carico di rimpianto.
«Credi che Zerillo possa avere a che fare con la sua sparizione?»
Esitò e non rispose subito. Stava di nuovo navigando nelle acque infide d'una memoria dolorosa e imbarazzante. Poi fece spallucce e disse: «Perché dovrebbe?».
«Myra non ti ha mai accennato di sentirsi in pericolo sul lavoro?»
«Assolutamente no», rispose con convinzione.
«E ti senti di escludere che al direttore sia successo quello che è capitato a te?»
«Vuol dire...» E di nuovo un principio di rossore gli inondò il viso.
«...che possa essersi innamorato di Myra.»
«Chi può saperlo», disse con un sorriso vuoto e la faccia

stranita. «Ma non penso che l'abbia convinta a fuggire con lui, e tantomeno che l'abbia rapita.»

«Però sei venuto qui, raccogliendo la mia preoccupazione. Che cosa ti ha spinto, Armando?»

Prese altro tempo per pensare e infine, calibrando le parole, disse: «Il fatto è che una come lei è così... inafferrabile, e questo può metterla in pericolo».

Era la seconda volta che usava quell'aggettivo.

9.

BALBI 4

L'istituto di letteratura latina era al terzo piano del civico 4 di via Balbi, una strada su cui affacciano illustri edifici barocchi, fra i quali il più noto e sontuoso è il palazzo Reale. Dopo essermi congedato da Armando Mastrangelo e averlo ringraziato per la fiducia e le preziose informazioni, ero salito di corsa sul 200 PX e mi ero precipitato all'università con la speranza di arrivare in tempo per incontrare il mentore di Myra, il brillante e fascinoso professor Umberto Cevasco.

Dopo tanti anni che non ci mettevo piede, entrare nell'atrio e salire quelle scale mi procurò un vago malessere, impasto di reverenziale soggezione, nostalgia e senso di nausea. Quello era il luogo dove erano cominciate tutte le mie disgrazie.

Balbi 4 è stata l'ombelico e il buco del culo dell'anelito rivoluzionario di una generazione cresciuta a biscotti Plasmon, petti di pollo e, per i più fortunati, bistecche di manzo e sogliola il venerdì; l'ultima generazione che ha conosciuto la leva militare obbligatoria, dopo avere aspettato ogni giorno la TV dei ragazzi alle cinque del pomeriggio e *Carosello* alle otto e mezza, con la promessa del cinquantino alla licenza media e dell'automobile – sempre che si fosse figli di papà – al compimento del diciottesimo anno, peraltro poco fatidico in quanto non coincideva con la maggiore età che, fino all'8 marzo 1975, la legge fissava ai ventuno. Non so se significhi qualcosa ma, essendo nato nell'agosto del 1954, sul piano simbolico non sono mai diventato maggiorenne: infatti, ho compiuto diciotto anni quando quel traguardo non significava niente e ventuno dopo che il parlamento aveva spostato l'età adulta indietro di tre anni.

Del resto, il Sessantotto aveva bandito cerimoniali e anniversari insieme ai balli di debutto in società e alle feste di laurea con tanto di cinto d'alloro in capo al neodottore di turno. Quanto a me, che non ero stato battezzato e non avevo fatto la comunione, cominciai a ballare in un gelido pomeriggio di gennaio del '75, in via Alfieri a Milano, durante una tragica manifestazione in cui fu ucciso un giovane poliziotto. Due celerini in tenuta antisommossa intimarono l'alt, mi perquisirono e mi trovarono addosso una Walther P38 che avevo raccolto in strada. Era lì, sull'asfalto, dove qualcuno l'aveva abbandonata per liberarsene dopo avere sparato (per mia fortuna l'esame balistico stabilì che non era l'arma con cui fu ucciso il poliziotto). Il mio intento era tanto buono quanto inverosimile: volevo buttarla in un tombino o in un cassonetto della rumenta, affinché a nessuno venisse in mente di usarla. Mi portarono in questura, in via Fatebenefratelli, dove mi massacrarono di botte. Nel giro di dodici ore il fermo fu convertito in arresto ai sensi dell'articolo 280 del codice penale: attentato con finalità di eversione e terrorismo e detenzione abusiva di arma da guerra. Mi spedirono prima a San Vittore e poi a Novara dove rimasi rinchiuso cinque anni.

Questo fu il mio debutto in società.

Ma tutto era iniziato lì, alla facoltà di lettere, dove la passione politica che mi avevano trasmesso mio padre e mio nonno, entrambi ex partigiani comunisti, mi aveva portato a scontrarmi con acrobati e sofisti della rivoluzione: autonomi, luddisti, fiancheggiatori della lotta armata, brigatisti sotto copertura e immaginifici cultori del gesto feroce catartico. La circostanza che negli anni molti di loro l'avessero sfangata alla grande, mentre io ero finito in un carcere di massima sicurezza senza aver commesso alcun reato, restava un rospo difficile da digerire e forse questo rendeva così complicato attraversare quell'atrio e salire quelle austere scale tardo secentesche.

Si respirava l'aria tipica delle biblioteche, odore di carta, polvere, cera e legno vecchio che a Myra doveva piacere fino a sballarci. A gruppetti, gli studenti sciamavano dalle aule, sostavano sui ballatoi chiacchierando sottovoce, qualcuno si era appartato in solitudine col naso infilato in un libro. Mi rivolsi a un ragazzo con la barba lunga e trascurata, faccia da secchione, k-way color petrolio, zainetto e scarpe da trekking, che mi scrutava attraverso un paio di occhiali dalle lenti spesse che gli trasformavano i bulbi oculari in due uova sode, e domandai del professor Cevasco; mi riservò un sorriso obliquo e maligno e rispose: «Prenda quel corridoio e cammini finché troverà uno stuolo di baccanti invasate intorno al loro semidio. Quello è il prof Cevasco».

Per quanto forbito, parlava il linguaggio bilioso dell'invidia.

Seguii l'indicazione e percorsi una ventina di metri finché in un'aula laterale, oltre la porta spalancata, mi imbattei nella scena che lo sfigatone mi aveva preannunciato. Una torma di sgomitanti studentesse si accalcava intorno alla cattedra dove un uomo che non riuscivo a scorgere si adoperava per rispondere con professionale sussiego al loro voluttuoso desiderio di consustanziazione spirituale e carnale. Doveva essere lui, il carismatico professore, preso d'assedio dopo avere concluso la lezione. Sostai sulla soglia in attesa che la festa finisse e il capannello a poco a poco si sciogliesse, e ci volle un buon quarto d'ora. Quando finalmente l'uomo si alzò dalla cattedra e mi venne incontro, insieme all'ultima menade dell'allegra brigata, lo salutai con un cenno e chiesi: «Il professor Cevasco?».

Ricambiò il saluto e rispose con un amabile sorriso da faccia da schiaffi: «Eccolo, con chi ho il piacere?».

Indossava una giacca di cotone marrone con le toppe sui gomiti, camicia Oxford con un'esigua cravatta di maglia in tinta, un paio di blue jeans e polacchine Clark. A una prima impressione, dopo che il mio cliente lo aveva definito un uomo affascinante che le studentesse si contendevano come trofeo erotico, rimasi deluso. Di costituzione minuta, in altezza non arrivava al metro e settanta, parlava con la erre moscia e non aveva affatto l'aria d'un casanova. Il solo tratto notevole erano le labbra alla Jean Paul Belmondo, carnose e ben disegnate, e i capelli neri e soffici che ricadevano sulla fronte con un ciuffo malandrino. E tuttavia, considerato l'entusiasmo che suscitava nelle allieve, doveva possedere qualche recondita virtù che a prima vista restava in ombra.

«Mi chiamo Pagano e sono un investigatore privato», dissi.

«Può concedermi qualche minuto per parlare della dottoressa Rostova?»

Cambiò di colpo espressione, il sorriso alla Richard Gere gli scivolò in gola e chiese di getto: «Perché? È successo qualcosa?».

Incrociai lo sguardo smarrito della studentessa che gli stava al fianco, una giovane di buona famiglia dal viso botticelliano, e lo sostenni per il tempo necessario a che il maestro, con delicatezza, la invitasse a lasciarci soli. «Abbia pazienza, signorina», si scusò. «Riprenderemo l'argomento domani a lezione.»

«C'è un posto dove stare tranquilli?» chiesi, mentre la devota si allontanava in buon ordine.

«Andiamo nel mio studio», suggerì.

Mentre percorrevamo a ritroso il corridoio gli dissi che avevo notato il suo repentino cambio di umore non appena avevo nominato Myra, e domandai se per caso avesse qualche ragione per essere preoccupato.

«Eravamo d'accordo di sentirci sabato sera, ma non ha chiamato. Ieri mattina doveva tenere un seminario e non si è presentata. L'ho cercata a casa, ma non mi ha mai risposto.»

Ci muovevamo in mezzo agli studenti che ascoltavano ogni nostra parola, così decisi di non aggiungere altro, anche se avvertivo l'ansia che non gli dava requie.

Lo studio era un bugigattolo occupato da un tavolo adibito a scrivania, ingombro di libri, riviste specializzate e tesi di laurea, una libreria debordante di volumi che arrivava fino al soffitto e un vecchio classificatore di legno.

Il professore prese posto sulla poltrona, alle sue spalle la grande finestra lasciava entrare una luce abbacinante che circonfondeva il suo fisico esiguo d'un alone ieratico. Aspettò che chiudessi la porta e mi accomodassi sulla seggiola e, con aria allarmata, chiese: «Mi dica, è successo qualcosa?».

«È scomparsa.»

«Scomparsa?» ripeté.

«Ha trascorso la notte tra sabato e domenica col marito sulla barca ormeggiata nel porticciolo di Arenzano. Quando al mattino lui si è svegliato, Myra non c'era più. Se n'era andata portando via tutta la sua roba. Da allora nessuna notizia, blackout totale.»

«Come è possibile? Avevano litigato?»

«A quanto mi risulta, non litigavano mai.»

«La cosa non mi stupisce, litigare con lei è quasi impossibile.»

«Ha un carattere così accomodante?» domandai.

«Accomodante?» replicò, lasciandosi sfuggire un risolino sardonico. «Sbaglio o non l'ha mai conosciuta?»

«Non sbaglia», ammisi.

«Myra è una specie di caterpillar e quando ha un'idea in testa, non c'è verso di farla demordere. Ma ha la capacità innata di renderla plausibile e farla digerire agli altri come fosse acqua fresca. Ti convince senza darti il tempo di accorgerti che hai cambiato opinione. Qualche volta le riesce di farlo senza proferire parola, solo guardandoti negli occhi.»

«Magnetismo mesmeriano.»

«Lo definirei ascendente preterintenzionale o, più semplicemente, fascino», mi corresse. E, dopo una breve pausa, aggiunse: «Così, non ha chiamato perché era fuori in barca».

«In realtà sono rientrati in porto nel primo pomeriggio. Si era alzato il vento e lei soffre il mal di mare.»

«Myra va in barca a vela da quando era bambina. Con i genitori trascorreva le vacanze estive sul mar Nero e a otto anni ha vinto la sua prima regata. Non mi risulta che abbia mai sofferto di cinetosi.»

«Come sa tutte queste cose?»

«Me le ha raccontate lei. Anche in questo era l'orgoglio di suo padre.»

«Eppure il marito mi ha riferito che ha vomitato l'anima.»

«Forse non stava bene.»

«Può essere», convenni.

Annotai mentalmente l'informazione e passai oltre.

«Ho saputo che dopo la tesi di laurea è diventata sua collaboratrice.»

«Sì, mi sono adoperato per farle ottenere il dottorato e non me ne pento. È una studiosa di prim'ordine e gli studenti la adorano.»

Non lo disse con l'aria di scusarsi, al contrario, ostentava la stessa fierezza pigmalionesca esibita dal marito quando aveva accennato alla laurea della moglie: come se il successo di Myra fosse opera sua, frutto del suo fiuto e della sua guida.

«Quindi negli ultimi tempi avete lavorato insieme», insistetti.

«Con un termine che sta cadendo sempre più in disuso, potrei definirla la mia assistente. Dal mese di gennaio tiene un seminario sull'epigramma latino e la morale sessuale nella società imperiale e l'aula è sempre gremita. Partecipano anche studenti di altre facoltà.»

«Ha mai avuto sentore che fosse preoccupata o si sentisse minacciata?»

Ci pensò qualche secondo e rispose: «Assolutamente no».

«Quindi, l'idea d'un rapimento non l'ha nemmeno sfiorata.»

«Rapita? E da chi?»

«Le ha mai parlato del lavoro che faceva prima di sposarsi?»

«Qualche volta ne ha accennato, senza entusiasmo ma con serenità.» Rifletté ancora e aggiunse: «Perché mi fa questa domanda? Non ha detto che se n'è andata portando via la sua roba?».

«L'ho detto, ma quando ho fatto il suo nome lei è impallidito.»

«Non crede che abbia motivo di essere preoccupato? Myra è una ricercatrice seria e scrupolosa e non è mai venuta meno ai suoi impegni. Non presentarsi a una lezione senza avvisare non è da lei. Nei giorni successivi l'ho chiamata almeno una decina di volte.»

«Ha anche registrato messaggi sulla segreteria?»

«Sì, ma è stato inutile.»

«Il marito non le ha dato spiegazioni?»

«Nonostante avessi lasciato tutti i miei numeri pregando di richiamare, non si è neppure degnato di fare una telefonata.»

«Succedeva spesso che vi sentiste nel weekend?»

Appoggiò entrambi i gomiti sul ripiano del tavolo e, portando le mani giunte davanti alla bocca, tirò un profondo respiro.

«Qualche volta», sbuffò. «Sempre per comunicazioni di servizio. Eravamo d'accordo di sentirci sabato sera per fare il punto sul seminario.»

Si interruppe e rimase in silenzio. Mi scrutava e il suo volto esprimeva un mix di fastidio e impazienza. Finalmente si decise a parlare e disse: «Coraggio, signor...».

«Pagano, Bacci Pagano.»

«Mi dica cosa vuole sapere.»

«Mi parli della tesi di laurea di Myra.»

«Un lavoro d'eccellenza, originale nei contenuti e filologicamente ineccepibile. Le riviste specializzate se lo sono conteso e alla fine un estratto è stato pubblicato sulla prestigiosa "Rivista di filologia classica". L'hanno anche tradotto in francese, tedesco e russo. Ha avuto modo di leggerlo?»

«Purtroppo no.»

«Glielo raccomando, anzi, dovrei averne qui una copia...»

Cominciò a rovistare tra le carte della scrivania, finché trovò la rivista e me la porse. Andai a cercare l'indice e lessi a voce alta: «Miroslava Rostova, *L'eros pungente. Gli epigrammi proibiti di Marco Valerio Marziale.* Il titolo promette bene».

«Le assicuro che l'articolo non è da meno.»

Di fronte a tanto entusiasmo, pensai che, se non era amore, gli assomigliava parecchio. Il fascino *preterintenzionale* della giovane ucraina aveva centrato al cuore un'altra vittima e il casanova che passava per leggendario pifferaio magico, seduttore di studentesse e dottorande, era stato a sua volta sedotto. Non mi restava che ripetere con lui quello che avevo fatto con Mastrangelo: provocarlo.

«Chi ha scelto l'argomento?» domandai.

Se ne uscì di nuovo con quel sorriso storto che tanto doveva piacere alle studentesse che pendevano dalle sue labbra e suggevano le sue parole come fossero miele. «Che domanda bizzarra: lei si è laureato?»

«Un secolo fa, in lettere moderne.»

«Davvero?» replicò sorpreso. «E chi ha scelto l'argomento della sua tesi?»

«Il direttore del carcere.»

Pensò a una presa in giro e arricciò le labbra stizzito.

«Parlo sul serio: ero chiuso in un carcere di massima sicurezza. Tutto passava per l'ufficio del direttore e richiedeva la sua approvazione. Per mia fortuna *Realismo e mito nei romanzi di Cesare Pavese* risultò di suo gusto.»

Seguì una pausa di silenzio, l'avevo spiazzato, ma si riprese subito e passando oltre disse: «Fu Myra a decidere il titolo. Aveva le idee molto chiare, fin da principio».

«La dipingono tutti così.»

«Sì, era irriducibilmente determinata», sentenziò.

«E *irresistibilmente* affascinante.»

Aggrottò la fronte, non capiva.

«Si ricorda di Sylvie Vartan?» domandai.

«Francamente no.»

«Capisco, era troppo occupato a studiare i classici latini. È un peccato, come docente le consiglio di rivalutare l'importanza del pop: Myra assomiglia alla Vartan come una goccia d'acqua.»

«Farebbe qualche differenza?» domandò ravviandosi il ciuffo con un gesto casuale che doveva aver ripetuto un milione di volte.

«Dipende.»

«Da cosa?»

«Ignoro quali siano stati i miti erotici della sua adolescenza. A quindici anni io la Vartan me la sognavo di notte.»

«Dubito che il pop abbia prodotto suggestioni erotiche più forti di Lesbia, Delia e Cynthia. Inoltre... lo studio del mito dovrebbe averle insegnato che, senza la poesia e la letteratura, l'erotismo si riduce a poca cosa: la realtà è così deludente.»

«Intende dire che correggere una tesi di laurea dà più soddisfazione che farsi una scopata?»

«So dove vuole arrivare, ma devo avvertirla che è fuori strada: come leggerà nel saggio di Myra, Marziale era poco interessato all'amore e aveva del sesso un'idea alquanto prosaica.»

«Al liceo leggevamo sottobanco gli epigrammi proibiti: ricordo che non era un romanticone.»

«Direi di no.»

«E nemmeno Myra lo è.»

A sorpresa, senza fare una piega, replicò: «Sono d'accordo con lei».

«La conosce bene?»

«Non ci giri troppo intorno. Vuole sapere se siamo andati a letto?»

«Potrebbe aiutarmi a farmi un quadro della situazione.»

«La risposta è no, non ci ho nemmeno provato. Del resto, non credo che sia disponibile.»

«Lo penso anch'io, perciò non ci ha provato?»

«Intende dire: per evitare lo smacco d'un rifiuto?»

«Sarebbe una valida ragione.»

Mi rivolse uno sguardo stanco e la faccia grondava una magnanima, sconfinata pazienza. «Non sarei tenuto a raccontarle certe cose», sospirò ancora, «ma la sua è una causa che mi sta a cuore e dunque voglio essere sincero, dottor Pagano. Io sono scapolo e questa condizione presenta i suoi vantaggi. Posso avere tutte le donne che voglio, anche giovani e giovanissime, come ha visto qui la materia prima non manca. Sono tutte maggiorenni e se vogliono venire a letto con me lo fanno per il loro piacere. Non sono un barone e non millanto alcun potere, quindi non prometto nulla e nessuno può farmi le pulci. Myra mi è piaciuta fin dalla prima volta che l'ho vista. Direi anche troppo. Forse è per questo che non ci ho provato.»

«Temeva di innamorarsi?»

«Quando ho capito quanto valeva, ho deciso che meritava un posto in università. Decisi che mi sarei speso per lei e questo bastava a renderla intoccabile.»

Non sapevo fino a che punto credergli, ma dissi: «Chapeau, questo le fa onore. Così, tra possederla in privato e farne dono all'istituzione, ha scelto la seconda opzione».

Sfoderò di nuovo il suo sorriso assassino e tornò a scostare il ciuffo dalla fronte. Ora mi osservava con uno sguardo sereno, come si fa con una persona dalla quale non si sente il bisogno di difendersi.

«Gliel'ho detto, la realtà è prosaica», ammise. «E forse lei ha ragione: leggere e condividere con qualcuno una lirica amorosa può essere più emozionante che farsi una scopata.»

Anch'io mi sentivo più rilassato. Mi venne in mente lo studente che mi aveva indicato la strada per arrivare a Cevasco e decisi di rispondere come sarebbe piaciuto a lui: «Immagino sia come per il denaro, prof: solo chi ne ha abbastanza può permettersi di pensare che nella vita non è tutto».

Annuì e mi concesse una risata complice.

Avevo l'impressione che non avessimo molto altro da dirci. C'era però una domanda d'obbligo che non potevo eludere.

«Ancora una cosa: negli ultimi tempi ha notato qualche cambiamento in Myra? Segnali anche minimi che qualcosa non andasse per il verso giusto?»

Portò la mano sul mento e prese a massaggiarlo. Trascorse qualche secondo in cui ripercorse con la mente gli ultimi tempi trascorsi con la sua pupilla. Poi disse: «Forse, negli ultimi giorni, l'ho vista più nervosa, meno solare del solito».

«Le è sembrata preoccupata?»

«Preoccupata o... combattuta.»

«Ma non le ha accennato a possibili ragioni...»

«Non eravamo così in confidenza.»

«C'è qualcuno nell'ambiente che potrebbe saperne di più?»

«Gliel'ho detto, dottor Pagano: Myra era disponibile e cordiale con tutti, ma in realtà non lasciava avvicinare nessuno. Era fatta così, la sua intimità la condivideva con i classici latini. I suoi confidenti si chiamavano Catullo, Marziale e Apuleio.»

10.
VENERE E MINERVA

In barba alla prosopopea del marchio societario, la Pizarro Financial Broking Co. occupava un appartamento poco più grande del mio ufficio, con annessa segretaria di mezza età relegata come un portaombrelli in una stanza-sgabuzzino, al terzo piano di un palazzo sospeso tra via Balbi e i trogoli di Santa Brigida, a cento metri dalla stazione ferroviaria di Principe.

Era stato lo stesso Pizarro a fornirmi il biglietto da visita con l'indirizzo, insieme alla fotografia di Myra. Appena uscito dalla facoltà di lettere, decisi di tentare la fortuna e andare a trovarlo. Era l'una passata e temevo che il mio cliente fosse fuori a pranzo, invece venne lui stesso ad aprire la porta e mi fece accomodare nel suo ufficio, dove la luce spioveva da una piccola finestra orientata verso sud e affacciata sugli antichi lavatoi.

Quella visita non preannunciata lo colse alla sprovvista. Si accese una Lucky Strike e con aria preoccupata domandò: «C'è qualche novità?».

«Un mare di novità, dottor Pizarro», risposi con un largo sorriso irto di insidie. «Per cominciare mi sono fatto l'idea che sua moglie sia una donna speciale, tanto bella quanto irraggiungibile, una creatura toccata dal divino, mezza Afrodite e mezza Atena, la condanna più esasperante che possa capitare a un uomo medio, eterosessuale, in balia dei propri sentimenti.»

Sul ripiano di cristallo della scrivania, tra un computer McIntosh, fogli pieni di tabelle, il posacenere ricolmo di mozziconi, il pacchetto di Lucky Strike e un portapenne contenente un accendino, una biro e tre matite, spiccava una scatola metallica, rotonda e verde, di pastiglie Valda. La aprì e me ne offrì una che rifiutai. Ci restò male, si servì e, dopo averla richiusa, la ripose sul tavolo.

«Con chi diavolo ha parlato per farsi un'idea così stravagante?» farfugliò masticando la pasticca e tirando un sorriso forzato.

«Persone che la conoscono bene. E che, fra le altre cose, mi hanno assicurato che Myra non soffre di cinetosi.»

Accusò il colpo e rispose con durezza, risentito. «Non mi risulta che, dopo il matrimonio, mia moglie sia uscita in barca con degli estranei.»

«Chi ha scattato la fotografia che vi ritrae insieme?»

«Il proprietario del *Coriandolo*, il gozzo ormeggiato vicino alla nostra barca. È un vecchio pescatore di Arenzano, si chiama Gioanìn. È stata scattata in porto in una giornata di vento e dà l'illusione che stiamo navigando in alto mare.»

«Myra pratica questo sport da quando era bambina», ripresi. «Nessun regatante che si rispetti patisce il mal di mare.»

«È vero, di norma non ne soffre», ammise con noncuranza, «ma le assicuro che, appena si è alzato lo scirocco, si è sporta fuori dalla chiglia e ha dato via l'anima. Credo ci siano ancora tracce di vomito sul parabordo. In quelle condizioni l'unica soluzione ragionevole era tornare in porto.»

«Perché mi ha parlato di cinetosi?»

Scrollò le spalle e improvvisò un'aria offesa. «Per farla più semplice. Cosa avrei dovuto fare? Mettermi a spiegare che non era mai successo prima e che forse non aveva digerito la cena o la colazione? E poi, scusi, qual è il problema?»

«Anche raccontare che l'ha conosciuta in un bar di via Balbi era un modo per semplificare?»

«In quel caso avevo le mie buone ragioni.»

Era imbronciato come un bambino viziato e permaloso che non tollera d'essere contraddetto. «Ora posso sapere», riprese, accendendo una sigaretta, «chi le ha raccontato tutte queste cose su mia moglie?»

«Il suo relatore di laurea e un vecchio amico che Myra ha conosciuto appena arrivata in Italia.»

Scoppiò a ridere, un ghigno carico di livore. «Intende il punkabbestia dell'ostello?»

«Punkabbestia? Non ha animali al seguito, solo la chitarra.»

«Parliamo dell'artista di strada che campava di elemosine?»

«Sì, il menestrello finocchio.»

«Come prego?»

«Myra non le ha detto che Armando Mastrangelo è omosessuale? Adesso si è sistemato, ha lasciato la strada e vive con un uomo.»

Mi lanciò un'occhiata sghemba, carica di ostilità. Il labbro inferiore ebbe un leggero tremito, ma si sforzò di rispondere con un tono pacato. «Non la facevo così volgare. Questo linguaggio non si addice a uno come lei, dottor Pagano.»

La sua non era indignazione motivata da correttezza politica, era solo diffidenza.

«Porti pazienza, in fondo sono uno sbirro e provengo da una famiglia proletaria di modesta cultura. Conosce la barzelletta del figlio gay che si confida col padre operaio?»

«Le barzellette non mi fanno ridere, non le capisco.»

«È un vero peccato, perché questa ha un interessante risvolto socio-linguistico e merita d'essere sentita. Un giovane gay, figlio di operai, si è appena fidanzato e decide che è venuto il momento di dirlo ai genitori. Prima di parlare con la mamma, temendo di ferire i suoi sentimenti, si consulta col padre e gli dice: "Pa', devo confessarti una cosa". "Ti ascolto", risponde il padre. "Sono gay." "Ah", fa il padre senza scomporsi. "E come lo hai scoperto?" Incoraggiato dall'atteggiamento conciliante dell'uomo, il ragazzo prende coraggio e dice: "Ho un fidanzato". "Davvero? E cosa fa? Il manager d'una multinazionale?" "No", risponde il ragazzo. "Lo chef di un grande ristorante?" "No." "Lo stilista?" "No." "Il direttore d'orchestra?" "No." "Il pittore, il ballerino?" "No." "Insomma, con chi ti sei fidanzato, con un calciatore?" domanda infine l'uomo, sul punto di spazientirsi. Allora il figlio spiega: "È un mio collega di lavoro: fa l'operaio". Il padre scuote la testa e replica deluso: "Ma allora non sei gay, figlio mio, sei un buliccio!".»

Stirò un sorriso forzato, più per compiacermi che per l'effetto comico della barzelletta. Non era nello stato d'animo giusto per ridere. Infatti disse: «So che le barzellette non andrebbero spiegate, ma mi viene da domandarle cosa ci trova di comico».

«Forse farebbe meglio a domandarsi perché gliel'ho raccontata.»

«È carica di disprezzo per gli omosessuali.»

«Vogliamo parlare del *suo* disprezzo per quelli come Armando Mastrangelo?»

Tornò a rabbuiarsi e commentò: «Dunque gli ha parlato».

«Ho parlato con lui e col professor Cevasco.»

«Le hanno detto qualcosa di utile per ritrovare Myra?» chiese inarcando le sopracciglia, scettico e seccato.

«Secondo entrambi Myra non nutriva preoccupazioni legate al suo precedente lavoro.»

«È naturale che con loro non ne abbia parlato.»

«Non lo ha fatto neanche con lei. Le sue sono mere congetture.»

«Non lo ha fatto esplicitamente, ma negli ultimi tempi l'ho vista preoccupata. Lasciamo perdere Armando, col quale si sono persi di vista da anni. Ma Cevasco, che la frequentava assiduamente, possibile che non si sia accorto di nulla?»

«Ha detto che negli ultimi giorni sembrava meno solare del solito.»

«Dunque, vede che ho ragione?»

«Non sappiamo se il motivo è quello che crede lei.»

«Non so quale sia il motivo», sbottò, schiacciando con stizza la sigaretta nel posacenere. «Resta il fatto che, prima di scomparire, qualcosa la turbava.»

«Il professore mi ha detto che sabato aspettava una telefonata da Myra che non è arrivata.»

«Può essere, quando sale sulla barca si dimentica del lavoro.»

«Sarà come dice lei, ma secondo Cevasco erano d'accordo di sentirsi per discutere del seminario di mercoledì. A proposito, non era mai successo che non si presentasse a una lezione senza avvisare. Il prof era preoccupato, l'ha chiamata più volte e ha lasciato diversi messaggi sulla segreteria telefonica. Li ha ascoltati?»

«Certo che li ho ascoltati.»

«Perché non ha richiamato?»

Avvampò di rabbia e sbottò: «Per dirgli cosa? Che mia moglie mi aveva piantato in asso dopo una notte d'amore?».

«Già, sua moglie», borbottai. «Mezza Afrodite e mezza Atena.»

Deglutì un bolo di saliva e inandiò una faccia disgustata,

sofferente, come se le mie parole suonassero un boccone troppo amaro da inghiottire. Lo sguardo cominciò a rimbalzare tra le pareti della stanza come una falena frastornata dalla luce, alla ricerca d'un punto fermo dove posarsi, un luogo ideale dove incontrare di nuovo la sua Myra innamorata e felice. Sembrava percorso da un'inquietudine diffusa, una frenesia incontenibile che si risolse in due parole buttate lì, una proposta tanto inattesa quanto allettante.

«Ha pranzato?» domandò.

«Non ancora», risposi.

Controllò l'orologio da polso, un Rolex che doveva costare svariati milioni di lire, e domandò: «Che ne dice se la invitassi a colazione?».

Guardai a mia volta l'ora: erano quasi le due. Pensai che il vezzo di chiamare il pranzo «colazione» era un'ulteriore conferma che *le style est l'homme*, e il suo era lo stile d'un uomo vissuto nel tempo sbagliato e nell'impossibilità di riconoscere quale sarebbe stato il tempo giusto per lui. Perché un barbiere di Voltri, o una commessa di fornaio di Campo Ligure, non si sarebbero mai sognati di invitare qualcuno a colazione alle due del pomeriggio e al suo posto si sarebbero limitati a dire «*anemmu a mangiâ?*», andiamo a mangiare, con quella vocale finale che suonava quasi come una ô. Un tempo in cui il denaro non produceva più ricchezza ma povertà diffusa, diventava motivo di imbarazzo anziché di orgoglio e conferiva precarietà alle esistenze degli altri senza per questo assicurare a chi lo possedeva le certezze che rendono la vita degna d'essere vissuta, come la creatività, il gioco e l'amore; e perfino l'intimità erotica celebrava i suoi riti lontano dai luoghi deputati a esaltarne la carnalità, e finiva per ripiegare tra le pagine di un poeta vissuto duemila anni prima e negli scaffali polverosi di una biblioteca. E come aveva perduto il rispetto per sé stesso, costretto a travestirsi per apparire diverso senza sapere bene da cosa, così sembrava avere smarrito anche il gioioso connubio del matrimonio e della felicità: Myra lo aveva coperto di baci, carezze e umori, e la mattina, quando si era svegliato, lei non c'era più. Così, senza una spiegazione.

Forse la spiegazione stava nella sua inconsistenza di uomo,

specchio dell'impalpabilità della sua ricchezza, che non era fatta di beni materiali fruibili, quelli che in gioventù avevo imparato a chiamare valori d'uso, ma di cedole, titoli e astratti indici d'un potere tanto etereo quanto inservibile.

Un concreto piatto di pasta al pesto, il profumo del basilico e dell'aglio, e due bicchieri di rossese di Dolceacqua erano quanto di più confortante potessi desiderare per mettere la sordina a questi pensieri.

Perciò risposi: «Mi sembra un'ottima idea. Conosce qualche locale dove pranzare a quest'ora?».

«Conosco una trattoria a Pré dove servono un coniglio alla ligure uguale a quello che cucinava mia madre.»

«Sono le due, non ci sbatteranno fuori a calci in culo?»

«Il padrone è un cinese.»

L'idea che frequentasse una trattoria di Pré gestita da un cinese mi sorprese piacevolmente, lo facevo un frequentatore seriale di ristoranti a cinque stelle.

«Se non sbaglio sua madre è originaria della valle Stura», dissi alzandomi in piedi

«Era di Campo Ligure, si chiamava Rosa Oliveri», rispose imitandomi.

«Tutti a Campo Ligure si chiamano Oliveri.»

«E i Pagano, invece, da dove vengono?»

«Credo siano genovesi da parecchie generazioni.»

«È sicuro? Il cognome è di origini campane. Come si chiama sua madre?»

«Anna Maria Canepa.»

«Ecco, lei sì deve essere una genovese DOC», disse mentre aspettava che il computer si spegnesse.

«Purtroppo è morta quindici anni fa.»

«A quanto pare, ci assomigliamo anche in questo: siamo due orfani.»

«Cosa altro ci accomunerebbe?»

«Entrambi abbiamo amato Sylvie Vartan, no?»

«Sì, ma io non ho sposato la sua sosia.»

Uscì dall'ufficio e fece sosta davanti al loculo della segretaria, incastrata nella scrivania accostata al muro e assorta a fissare la parete bianca lambita da una lama accecante di sole, e domandò: «Tutto bene, signora Origo?».

La donna gli rivolse uno sbiadito sorriso di deferenza. «Bene, dottore, grazie.»

«Se mi cercano, tra un'ora sarò di ritorno.»

Il coniglio alla ligure era all'altezza delle aspettative. La carne era cotta a puntino, morbida, saporita e sufficientemente asciutta, senza troppi intingoli, come prescritto dalla ricetta della signora Oliveri. Nella trattoria ormai deserta del primo pomeriggio il piccolo cinese lo servì con un contorno di spinaci passati in padella, accompagnato da un compassato inchino e da una trasognata espressione di soddisfazione. Ordinammo anche un ormeasco di Pornassio e, dopo mezza bottiglia, il disappunto di Carlo Pizarro si era trasformato in febbrile curiosità.

«Posso sapere chi le ha parlato di Myra in quei termini bizzarri: Afrodite e Atena?» domandò versandomi il vino. «Per quanto sarebbe più appropriato dire Venere e Minerva, dato che mia moglie è una latinista.»

«Il riferimento mitologico è farina del mio sacco. Mi sono permesso di ricorrere a una metafora per rendere l'idea.»

«Mi chiedo cosa possano saperne un professore di letteratura classica e un artista di strada a cui piacciono gli uomini...»

«Non è obbligatorio diventare astronauti per essere attratti dalla luna. Succede anche agli innamorati, ai poeti e ai bambini. Diciamo che Mastrangelo e Cevasco sono entrambi uomini e hanno avuto la fortuna di conoscere Myra. Il fascino di sua moglie deve essere più contagioso del vaiolo.»

All'improvviso, complice l'ormeasco a cui aveva dato fondo, i suoi occhi diventarono lucidi.

«Oh, quanto a questo», sussurrò con un nodo in gola, contenendo a fatica l'emozione, «la nostra canzone non l'ho scelta per caso. Lei è... irresistibile.»

«Non deve essere facile amare una donna così attraente e insieme così determinata e indipendente.»

Tirò su col naso e replicò con il risentito, doloroso puntiglio d'un bambino che si vergogna di avere lasciato trapelare la propria fragilità. «Che sciocchezza, non ci si innamora delle donne che pendono dalle nostre labbra. Prima di conoscere Myra ce ne sono state altre, ma nessuna è durata più di qualche mese. Le donne accondiscendenti, propense a sottomettersi, mi vengono a noia e non stimolano la mia immaginazione. E in amore l'immaginazione è tutto, non crede?»

«Concordo, ma non è quello che intendevo. Ho qui una copia della rivista dove sua moglie ha pubblicato il saggio su Marziale.» Indicai la tasca della giacca. «L'ha letto?»

«Certo che l'ho letto. L'ho anche corretto man mano che lo scriveva.»

«Quindi dovrebbe avere capito di che parlo.»

Mi guardò stranito, dando l'impressione di fare uno sforzo per comprendere il senso delle mie parole.

«Cosa le ha insegnato questo articolo sui versi erotici di Marziale?» domandai, con la sgradevole sensazione di salire in cattedra.

«Spero non tiri fuori il solito luogo comune sulle entraîneuse.»

«Neanche per sogno, o almeno non nel senso a cui allude lei. Cosa, di questo poeta, ha affascinato sua moglie al punto di dedicargli la tesi di laurea?»

«Non ricordo bene, è passato del tempo. Certo l'erotismo di Marziale è piuttosto crudo, privo di fronzoli...»

«Dica pure grezzo.»

«Vuole forse insinuare che Myra è così?»

«Non arriverei a tanto: in fondo si tratta di un saggio, un'opera di riflessione critica, non di un'autobiografia. Quello che intendo dire è che, secondo me, sua moglie possiede un talento fuori del comune: quello di trattare gli impulsi e i sentimenti, anche i più grevi e disturbanti, senza lasciarsi coinvolgere ed esserne contaminata. In questo senso il riferimento al lavoro di entraîneuse può avere un senso: a Myra non piaceva, ma aveva bisogno di lavorare e lo ha fatto senza lasciarsi condizionare, con la disposizione asettica d'un chirurgo.»

«Intende dire che mia moglie è incapace di appassionarsi?»

«Al contrario: dico che la sua è una vocazione. Attraversa qualunque territorio con leggerezza, per esplorarlo a fondo, e questa è l'attività su cui riversa tutta la sua passione.»

«E io cosa rappresenterei per lei? Un territorio da esplorare?»

Avrei voluto rispondere che forse era così, ma l'avrebbe presa male e, per evitare di mentire, lo dissi con altre parole: «Una donna come Myra non si lega a un uomo se non lo trova interessante».

Era esattamente quello che pensavo, anche se avrei dovuto aggiungere che non tutte le cacce al tesoro vanno a buon fine.

«E allora perché mi ha lasciato?» domandò nuovamente sopraffatto dall'emozione.

«Forse perché Atena – o, se preferisce, Minerva – è condannata a rimanere vergine.»

11.
INAUGURAZIONI

Verso le quattro del pomeriggio varcavo la porta del mio nuovo ufficio con la testa leggera e lo stomaco placato da un confortevole senso di sazietà. Il coniglio alla ligure e l'ormeasco di Pornassio del cinese avevano fatto il miracolo, riconciliandomi con quella stanza invasa dal sole e dai cartoni del trasloco, al punto che, spinto da un demone zelante, fui preso dall'urgenza di fare ordine e mi misi al lavoro. Dal cassetto della scrivania recuperai un taglierino e cominciai ad aprire il primo scatolone.

Fu così che, come d'incanto, una dopo l'altra le cose andarono a sistemarsi al loro posto: i libri sugli scaffali, i dossier nel classificatore o in cassaforte, il portapipe e le pipe sul ripiano della scrivania, il piatto e lo stereo sul mobile bar, i dischi di vinile nell'apposito scomparto della libreria. Finalmente saltarono fuori anche il telefono e l'apparecchio della segreteria; non feci in tempo a collegarli alla presa che la suoneria prese a strillare come un bambino appena uscito dalla pancia della madre.

«Pagano, chi parla?»

«Finalmente! Sono due giorni che cerco te e non trovo nessuno.»

Era Paula Pataki, la ex coinquilina di Myra, l'entraîneuse ungherese che insieme al corpo seminudo, appena velato da un'esigua vestaglia a fiori, aveva esibito il proprio candore di donna abituata a nuotare con nonchalance nelle torbide acque del desiderio maschile. Un flash mi riportò alla giovane moglie del mio cliente: anche lei aveva il potere di attraversare gli sguardi roventi degli avventori infoiati senza esserne contaminata, ma qualcosa mi suggeriva che non lo faceva allo stesso modo di Paula. La sua non doveva essere l'abituale nonchalance d'una praticante naturista, ma qualcosa di più contorto e spietato, forse l'incolmabile distanza che allontana il destino delle divinità da quello degli uomini. Mentre Paula, infatti, era preservata dalle occhiate che indugiavano sul suo corpo, frugandolo con indecenza, grazie a una quieta e felice sventatezza, Myra ricordava lo specchio feroce di Medusa, quello che ritorceva la carica pietrificante del desiderio su coloro che ne erano portatori.

«Mi dispiace», spiegai, «ho appena traslocato e la segreteria telefonica era imballata in una scatola.»

«Su biglietto di visita c'è anche tuo numero di casa, ma non risponde uguale.»

«Ho cambiato indirizzo sia dell'ufficio sia dell'abitazione.»

«Tu cambia tutto in un colpo solo? Auguri!»

Senza sapere niente di me aveva colto il nocciolo della questione. Avrei voluto confessarle quanto mi sentivo spaesato di fronte a quello che mi appariva un salto nel buio, ma non sarebbe stato né professionale né utile. Certe cose bisogna imparare a tenerle per sé. Così mi limitai a dire: «Sì, non è facile».

«Hai trovato Myra?» domandò, virando bruscamente sul drammatico.

«Non ancora. E tu, hai qualche novità?»

Mi accorsi che l'uso del tu equivaleva per lei a mostrarsi nuda senza imbarazzo e senza malizia, un segnale di affabile vicinanza, e rispondere con il tu fu per me come infilare il piede in una comoda pantofola.

«Novità è che mamma di Myra ha chiamato me. Lei non si dà pace e tuo cliente non fa niente per aiutarla.»

«È normale, il mio cliente non ha risposte nemmeno per sé stesso.»

«Può essere», replicò polemica. «Ma lui non parla con loro e questo non è bene.»

«Forse parlare della moglie per lui è un supplizio.»

«Può essere», ripeté ancora, «ma non è bene, e in ogni modo...»

Si bloccò, quasi non trovasse le parole. Avvertivo il suo respiro nella cornetta, ansimava come dopo una corsa e dava l'impressione di scappare da qualcosa.

«In ogni modo?» la incalzai.

«Adesso io deve vedere te, prima possibile.»

Non mi aspettavo quella richiesta, formulata in modo così perentorio. Avvertivo un'impellenza che lasciava presagire qualcosa di grosso. Forse non era vero che non avesse novità e dunque non esitai e risposi: «Sono a tua disposizione, Paula».

Mi spiegò che si trovava in centro e mi chiese se potevo incontrarla. Ci accordammo per vederci nel mio ufficio, le diedi l'indirizzo e mezz'ora dopo stava seduta davanti alla scrivania, inondata dal sole che allagava la stanza attraverso la portafinestra alle mie spalle. Quella luce intensa metteva in risalto lo scintillio dei grandi occhi verdi e il candore d'una dentatura perfetta, da pubblicità del Colgate.

Si era appena accomodata e già la stanza era invasa dal suo profumo di sandalo. Portava un trucco leggero, i capelli acconciati con un vezzoso ricciolo sulla tempia sinistra e vestiva col look fintamente sbarazzino d'una giovane signora della borghesia di Castelletto: sottile girocollo d'oro, polo bianca, cardigan verde acqua, jeans chiari e, ai piedi, calzini di cotone e scarpe da ginnastica. Niente di più lontano dal cliché dell'entraîneuse coltivata dall'immaginario delle signore della borghesia di Castelletto.

Appena si accomodò prese a rovistare nella borsa a sacco, estrasse un foglio spiegazzato e lo posò sul ripiano della scrivania con aria di sfida.

«Tu parla inglese?»

«Me la cavo», risposi.

«Allora chiama mamma di Myra. Questo è numero di casa a Kiev», disse in tono ultimativo.

«Non posso farlo senza prima sentire il mio cliente.»

«Senti tuo amico stronzo e poi chiama, per favore.»

«Non è un amico, si tratta di lavoro.»

«Bene, allora tu fa parcella alta, lui è ricco e può pagare. Tu promette che telefona a signora Rostova e trova parole giuste per tranquillizzare lei e suo marito?»

Feci segno di sì con la testa e aggiunsi: «Ma non sarai venuta per questo, vero?».

Lasciò cadere la borsa sul pavimento e strinse le braccia al petto, quasi a difendersi da una minaccia. Per la seconda volta la vidi titubante, il volto teso, segnato dalla dolorosa necessità di prendere una decisione. Appuntò lo sguardo sulle pipe allineate sulla scrivania e bisbigliò: «Sì, non solo».

Compresi che aveva bisogno di tempo ed ero disposto a concederle tutto il tempo che le serviva. Dal portapipe estrassi una Brebbia fiammata e con calma cominciai a caricarla. Strappavo minuscoli spizzichi di tabacco dalla scatola del Dunhill e man mano li pressavo nel fornello servendomi del nettapipe.

Chiese se poteva fumare e assentii con un sorriso, mostrando a mia volta la pipa. Si tuffò di lato ed estrasse dalla borsa un pacchetto di Muratti Super Lights, le oscene sigarette filiformi che erano diventate di moda, assicurando ai tabagisti l'alibi della presunta riduzione del danno in cambio d'una sicura riduzione del piacere. Portò la sigaretta alle labbra e l'accese con un Bic usa-e-getta. Fu allora che mi accorsi che le sue mani tremavano.

Ora non avevo più dubbi: Paula era sul punto di comunicarmi un segreto che le bruciava dentro e che, per qualche misteriosa ragione, nel nostro primo incontro aveva taciuto.

Tirò una lunga boccata e, attraverso le labbra raccolte a cuore, soffiò fuori il fumo con forza, come se avesse fretta di liberarsene. Quindi disse: «Quando tu venuto in mia casa speravo che Myra si faceva viva presto».

Pausa.

«Invece è passata quasi una settimana e lei non dà notizie.»

Altra pausa.

«Speravo non dovere raccontare, ma adesso so che è necessario. Tu deve sapere.»

A questo punto sollevò il dito indice, alzò la voce e il tono diventò ruvido come carta vetrata. «Ma tu deve promettere che non dice niente a nessuno, soprattutto a stronzo per cui lavora.»

Ci sono situazioni nelle quali attenersi all'obbligo deontologico di trasparenza col cliente non paga la perdita d'una informazione essenziale per l'indagine. Il problema è che le informazioni si rivelano decisive solo dopo averle acquisite. Al momento di decidere si opera al buio e dunque non resta che affidarsi all'istinto, sperando che lo strappo all'etica professionale faccia un buon servizio alla professione stessa.

«D'accordo, resterà un segreto fra noi due», dissi.

Altra boccata e altra sbuffata di fumo. I suoi meravigliosi occhi color smeraldo mi scrutavano, pronti a cogliere ogni minima reazione a quello che stava per dire.

«Tu ha visto mio appartamento.»

Tirò un lungo, profondo respiro. Ne approfittai per accendere un fiammifero svedese e incendiare il tabacco. Era la mia prima fumata nel nuovo ufficio. Subito la stanza si riempì di volute azzurre che salivano lente verso il soffitto, investite dalla luce abbagliante del pomeriggio. Il suo fumo e il mio cominciarono a mescolarsi in una nuvola che saturò l'aria con l'aroma acre del tabacco bruciato.

«Mia casa è piccola, ha una sola camera: una camera e un letto», continuò.

Si stava addentrando in un campo minato, e lo faceva agganciando il mio sguardo, quasi avesse bisogno di sentirsi tenuta e accompagnata; negli occhi scintillava una luce limpida, la stessa che mi aveva colpito dal primo istante in cui l'avevo conosciuta.

«Quando Myra ha chiesto se volevo dividere mia casa con lei ho risposto che ero contenta. Myra era giovane e faceva tenerezza, e poi ridurre spese era buona cosa per me. Ho detto che andava bene, ma non c'era stanza per lei e doveva dormire in salotto. Allora è scoppiata a ridere e ha chiesto se io avevo letto matrimoniale. Ho risposto che sì e lei, come cosa più naturale del mondo, ha detto: allora non fa problema, possiamo dormire insieme.»

Pausa di silenzio, il tempo di schiacciare il mozzicone della micro-sigaretta nel posacenere.

«"Perché no?" ho pensato. Lavoriamo insieme, abitiamo insieme, in fondo siamo come sorelle. E così abbiamo cominciato a vivere e dormire insieme. Le cose succedono, dottor Pagano, e il bello di nostra vita certe volte cade dal cielo quando non facciamo niente per volerlo. Noi non sappiamo niente, non sappiamo nemmeno che è bello e che lo desideriamo, e lui arriva uguale. Così la mattina alle sette, di ritorno da lavoro, nessuna di noi sentiva sonno e stanchezza; dopo colazione, nel letto, lei o io cominciava a parlare e parlava e rideva fino a ora di pranzo. In mia vita non era mai successo, forse è stato suo profumo che sapeva di alberi e fragole, suoi occhi vispi, suo sorriso di ragazzina pestifera. Non avevo mai guardato a donne in quel modo. Lei era così... bella, e non so cosa ha preso me, non ho potuto resistere. Tutto è venuto naturale. Abbiamo fatto l'amore come fanno due donne ed è stata esplosione di piacere, scoperta di sensazioni che non conoscevo. In mia vita ho fatto sesso per prima volta a quindici anni con compagno di scuola, poi ho conosciuto tanti uomini, storie anche lunghe, ma non mi sono mai sentita così.»

Dunque anche Paula avrebbe potuto cantare la canzone che tanto commuoveva Pizarro: *Irresistibilmente...*

Ora le cose assumevano un significato più chiaro, a cominciare dall'antagonismo che avevo percepito fin dall'inizio tra lei e il mio cliente. Paula non era certo tipo da provare vergogna per avere fatto l'amore con una donna, ed ero sicuro che non fosse portata a mentire, neanche a sé stessa, e così domandai: «Perché non me ne hai parlato subito?».

«Forse Myra non è contenta che tu sai.»

«Ti ha chiesto di mantenere il segreto con il marito?»

«Non ha chiesto niente, ma dopo matrimonio si è allontanata.»

«Lui lo sapeva?»

«Forse sì, forse no, ma che importa? Era *lei* che sapeva, e non ha più voluto vedere me.»

«Perché non ha voluto?»

Le labbra fremettero e, per quanto si sforzasse di controllarsi, una smorfia di sofferenza le attraversò il viso fino a deformarlo.

«Questo sa lei e nessun altro.»

«Ha smesso di desiderarti?»

Fece spallucce e si guardò il corpo, quasi ad assicurarsi che non era così. «Ti ho già detto, Myra è onesta e non sa tradire.»

Cercai i suoi grandi occhi lucenti e non faticai a trovarli.

«Ti sei innamorata di lei?» domandai.

Mi lasciò immergere in quelle iridi color smeraldo, dove era altrettanto facile tuffarsi quanto perdersi, non rispose subito, non arrossì e conservò la stessa espressione da cui traspariva un dolore acuto, ma accettato e consapevole.

«Pagano, io ho qualche anno più di Myra. Come posso innamorarmi di ragazzina?»

«Dimmelo tu, Paula.»

«Mi manca, sì, mi manca sua risata, suoi sguardi sbarazzini, e anche godimento che a letto lei dava a me e io a lei. Mi manca tornare a casa e non trovare lei in cucina a studiare dietro montagna di libri. Questo significa essere innamorata?»

«Hai detto che la invidiavi per i suoi interessi, perché bastava a sé stessa.»

«È vero, lei ha vita ricca. Non dico di soldi, ma di interessi e curiosità e sta bene da sola.»

«Intendi dire che non le importa degli altri?»

Scosse energicamente il capo e agitò la mano, a rafforzare l'idea che non era così. «No no, Myra non è di quelli che vedono solo sé stessi e guardano altri come figure trasparenti. A lei importa delle persone, ma può anche fare senza. È generosa, dà tutto quello che ha, corpo e anima, ma senza perdersi. Per questo dopo matrimonio non l'ho cercata: ho capito che ormai aveva fatto sua scelta, c'era suo marito e non avevo nessun diritto di entrare dove non era più casa mia. Fra noi è stato bello, come sogno che poi finisce e bisogna tornare a vita di sempre.»

La ascoltavo e la studiavo e mi domandavo come fosse stato possibile, per Myra, abbandonare una bellezza così schietta e indifesa come Paula per consegnarsi a un cinquantenne senza qualità chiamato Carlo Pizarro.

Ripensai allo scugnizzo Mastrangelo, al suo fascino quasi selvatico, e non faticai a comporre un quadro coerente: Myra sapeva apprezzare la bellezza in tutte le sue forme, da quella che scaturiva dalle pagine dei poeti classici al richiamo concreto, carnale di giovani corpi che non sapevano resisterle e a cui si donava in un sereno, gioioso abbandono. E lo faceva con sincerità, immune da conflitti, salvo andarsene all'improvviso senza una spiegazione. Lei era incapace di ingannare e tradire, la sua era una monogamia tanto assoluta quanto aleatoria; per il tempo in cui si legava a qualcuno gli restava fedele e quando abbandonava lo faceva in assenza di sensi di colpa. Forse poteva permetterselo perché attribuiva agli altri la propria stessa condizione di persona libera che bastava a sé stessa e non concepiva l'idea di arrecare un danno o una ferita.

Era successo con Armando e Paula e, chissà che, nell'inesorabile partitura della sorte, la storia non si fosse ripetuta col mio cliente; forse anche lui aveva tirato i dadi e aveva perso.

Forse.

Ora Paula aveva acceso un'altra sigaretta e mi osservava in silenzio, il viso più disteso, quasi rilassato. Aveva fatto il proprio dovere, ma questo non bastava a dissolvere l'ombra di preoccupazione che oscurava il suo sguardo. Era l'assillo che l'aveva portata da me: l'oscuro timore che la scommessa di Myra col destino, la sua irriducibile determinazione a restare padrona del proprio futuro, potesse portarla alla rovina.

La pipa si era spenta. Una costrizione dolorosa mi impediva di respirare e avvertivo un acuto bisogno di leggerezza. Così dissi: «Paula, se avessi dello champagne mi piacerebbe brindare con te».

Mi scrutò perplessa, non capiva.

«Oggi ho inaugurato l'ufficio e tu sei la mia prima cliente.»

Si lasciò scappare un sorriso, raccolse la borsa da terra e rispose: «Allora scendiamo e andiamo al bar». Si alzò in piedi e aggiunse: «Anche se ti sbagli».

«Perché?»

«Non sono io tua cliente, signor Pagano.»

12.
L'ORA BLU

Nel silenzio della camera da letto i suoi grandi occhi da gatta inseguivano orbite ellittiche, si impennavano ed esploravano angoli d'ombra, insinuavano domande e suggerivano risposte. Alla debole luce dell'abat-jour risplendevano d'un verde screziato di grigio, lo stesso colore scuro delle pozze dei torrenti in fondo alle valli, dove si specchiano le fronde degli ontani e i salici piegano i loro rami verso l'acqua.

Reggeva la testa con la mano, il gomito puntato contro il cuscino, e un seno debordava fuori dal lenzuolo in tutta la sua magnificenza. Era l'ora che precorre il nuovo giorno, quando fuori la notte sta per consumarsi e la vita riprende lenta, tra l'ultimo berciare d'un ubriaco in cerca della strada di casa e lo sfrigolare del motorino di avviamento del primo scooter che si mette in marcia.

Avevamo dormito a rate e a ogni risveglio la sorpresa di trovarci insieme, nello stesso letto, ci portava ad abbracciarci, baciarci e tornare a fare l'amore. Sapevamo che ci aspettava un lungo venerdì di lavoro, ma il desiderio era più forte di tutto e non avevamo nessuna voglia di contrastarlo.

Mi aveva chiamato in ufficio intorno alle sei e aveva proposto di cenare a casa sua. Mara non è una gran cuoca, cucinare succulenti manicaretti non è la sua specialità, è molto più brava nel propinare conforto e interpretazioni ai suoi giovani pazienti, ma quella sera si era sbattuta e aveva servito una impegnativa zuppa di pesce accompagnata da una squisita ratatouille di verdure di stagione. Un intero pomeriggio ai fornelli, il che significava che nell'invito covava una certa dose di premeditazione.

Il tono della telefonata era stato caldo, affettuoso. Voleva cancellare il brutto ricordo del giorno prima, il nostro ultimo incontro nell'ufficio di piazza De Marini, quando aveva usato parole taglienti e mi aveva riversato addosso la frustrazione per una relazione dove i vuoti, le assenze e i distacchi risultavano di gran lunga più numerosi dei momenti felici.

A tavola mi aveva parlato del suo soggiorno a Londra, la città dove frequentava il corso di specializzazione e che per lei era diventata una seconda casa. Io avevo raccontato della mia nuova indagine e della moglie ucraina del broker finanziario che avrebbe voluto essere un imprenditore e occupare centinaia di operai, e invece praticava una solitaria attività di rapina e dava lavoro a una signora di mezza età che trascorreva le sue giornate fissando un muro bianco e vuoto. Le avevo raccontato di Paula Pataki e Armando Mastrangelo e, quando avevo citato il saggio di Myra sugli epigrammi proibiti di Marziale, aveva domandato: «L'hai letto?».

L'avevo letto nel pomeriggio, dopo essere rientrato in ufficio di ritorno dal brindisi con Paula.

«L'ho divorato, ed è stata un'esperienza istruttiva», avevo risposto.

Era la verità. Dopo le rivelazioni dei suoi due amanti, in quelle pagine avevo trovato un altro frammento utile a capire chi era davvero la giovane moglie del mio cliente.

A casa di Mara mi ero presentato intorno alle otto di sera; stringevo una bottiglia ghiacciata di sauvignon francese, il vino bianco dal gusto di piscio di gatto, acquistata nell'enoteca Pesce di Sottoripa; lei ne andava pazza e in un lampo l'avevamo scolata, così aveva aperto una seconda bottiglia, un ottimo fiano di Avellino che teneva in frigo per ogni evenienza. Alla fine della cena mi aveva chiesto se volevo fermarmi a dormire. La proposta era scontata, un po' meno quello che ne era seguito.

«Immagino che la casa di via del Colle sia ridotta a una specie di magazzino», aveva buttato lì.

«Ho imballato tutto e trovare lo spazzolino da denti è diventata un'impresa.»

Mi aveva guardato in tralice e a sorpresa aveva detto: «Ricordi che ne hai lasciato uno di là, nel bagno?».

«Che intendi dire?»

«Magari stare qui per qualche tempo non sarebbe una cattiva idea. Non voglio che ti trasferisca da via del Colle solo perché ti manca il cambio degli asciugamani.»

Non me l'aspettavo. Immaginavo che avrebbe contato sui disagi procurati dal trasloco per costringermi ad accelerare i tempi del mio trasferimento, invece mi offriva il ramoscello di ulivo dell'ospitalità, in attesa che maturassi la mia decisione libero da pressioni esterne.

«Molto generoso da parte tua», commentai. «Ma pensaci bene, perché potrei anche accettare l'offerta.»

«Credi che non ci abbia pensato? L'idea d'una convivenza, anche provvisoria, mi spaventa un po', ma alla fine mi sono detta: se mi pento, posso sempre rispedirlo a casa sua.»

«Saggia precauzione.»

«Puoi cominciare oggi stesso. Devo solo saperlo per fare la spesa e liberare uno scomparto dell'armadio.»

«Basteranno un cassetto e le grucce per appendere due giacche e due paia di calzoni. Non mi serve altro.»

«Bene», concluse. «Prima di uscire ricordami di lasciarti le chiavi.»

Ora eravamo nudi nel letto, mentre dalle imposte chiuse filtrava la prima luce del giorno, e lei mi scrutava e taceva.

«Cosa c'è?» domandai.

«Pensavo alla tua fuggitiva. Quanti anni ha?»

«Venticinque, come te.»

«Immagino che sarà bella.»

«Eccome: assomiglia a Sylvie Vartan.»

Corrugò le sopracciglia, il nome non le suonava nuovo, ma faticava a metterla a fuoco. Del resto, quando la bella Sylvie era all'apice della notorietà, Mara non andava ancora all'asilo.

«Era una cantante, vero?» chiese.

«Una biondina tutta pepe che chiamavano la reginetta dello yé-yé. Tra gli anni Sessanta e i primi Settanta ebbe un certo successo in Italia. L'ha resa celebre una canzone che faceva così.»

A bassa voce, attaccai a cantare *Irresistibilmente*, e questo le bastò per riesumarne i connotati dalle pieghe della memoria.

«Ma certo, la francesina che ha sposato Johnny Halliday!»

«Esatto.»

«Ricordo che era uno schianto.» Portò il pollice alla bocca e aggiunse: «Non aveva una vezzosa fessura qui, tra gli incisivi?».

«Bravissima. È stata un mito della mia adolescenza.»

«Addirittura.»

«L'immaginario erotico della mia generazione era popolato da dive francesi: Sylvie Vartan, Brigitte Bardot e Michèle Mercier, la sensuale *Angelica* dello schermo. Delle americane ricordo solo la povera Marilyn, ma è morta troppo presto ed è subito diventata un'icona.»

«Un brillante escamotage per restare eternamente giovane.»

Quando il discorso scivolava sulle mie preferenze in fatto di donne, Mara infilava un'improbabile maschera di cinismo e cedeva alla provocazione. Forse sopravvalutavo i suoi sentimenti nei miei confronti, ma ho sempre pensato che lo facesse perché il suo modo di amare era assoluto, categorico: non lo avrebbe mai ammesso, ma aspirava a essere il centro dei pensieri e dei desideri passati, presenti e futuri del suo uomo. Quest'idea, giusta o sbagliata che fosse, mi portava a essere indulgente e lasciar correre.

Anche in quella circostanza, mi limitai a sospirare e borbottai: «Non era Menandro che diceva: muor giovane colui che al cielo è caro?».

«A proposito», saltò su, avvicinandosi e passando le dita sulle mie labbra, quasi un'implicita richiesta di scuse e un invito a chiudere l'argomento. «Hai detto che il saggio su Marziale della signora...»

«Si chiama Myra.»

«...è stato illuminante. Dunque potrebbe aiutarti a ritrovarla?»

«Sarebbe chiedere troppo. Però è stato un altro tassello che è andato al suo posto. Marziale è un poeta senza orpelli, immune dal sentimentalismo, anzi, direi che la dimensione sentimentale gli è del tutto estranea. Tratta l'amore con molto realismo e talvolta lo degrada a pettegolezzo, usandolo a fini di invettiva o dileggio, e comunque sempre nella sua versione carnale e fisica. Nello stesso tempo riesce a maneggiare un materiale spesso greve con straordinaria leggerezza. Credo che anche Myra sia così: una donna forte, lucida, refrattaria alle forti passioni che suscita negli altri; i legami emotivi per lei sono importanti, ma vengono dopo il progetto al quale ha consacrato la vita. Il suo obiettivo non è far soldi o successo, ma soddisfare un inesauribile desiderio di conoscenza. Myra attraversa la letteratura latina come un pioniere esplora un territorio sconosciuto.»

Man mano che parlavo il volto di Mara si illuminava.

«Studia il passato per aprire una strada al futuro», commentò entusiasta.

«Più o meno.»

«Cercala, allora: cercala e trovala», disse con enfasi. «Il mondo ha bisogno di donne così. Quello che non capisco è perché si sia sposata un dinosauro.»

Un dinosauro. È così che vedeva Pizarro.

E a rincarare la dose aggiunse: «Un uomo mediocre che guarda indietro, si crogiola nel passato e sogna di tornare agli anni Cinquanta. Un reazionario».

«Non esagerare, nella sua nostalgia c'è anche del buono. In fondo rimpiange un'epoca in cui il denaro produceva beni materiali, dava lavoro alla gente e rendeva un servizio alla società.»

«Come no: l'epoca d'oro delle fabbriche dove gli operai morivano come mosche, l'età del cemento, delle automobili e della plastica.»

Sapevo che per questa strada non saremmo approdati a niente, il suo ecologismo radicale non concedeva repliche. Né sarebbe valso ricordarle che, senza gli ordigni infernali dell'industria pesante, anziché in due ore di aereo, a Londra avrebbe dovuto andarci in carrozza e barca a vela, impiegando qualche settimana. Allora provai ad aggirare l'ostacolo e prenderla da un altro punto di vista, e dissi: «Non è facile stare con una donna così».

«Perché mai? È troppo indipendente, o troppo intraprendente?»

«È *irraggiungibile.*»

Compose un'espressione del volto che mi era diventata familiare: la ruga tra le sopracciglia, le labbra che si tendevano e diventavano sottili, lo sguardo che si rivolgeva all'interno, a frugare nel repertorio della clinica dei sentimenti. Mancava solo che indossasse il camice e la consulenza psicologica era servita.

«Ci stai mettendo del tuo, Bacci», sentenziò con un'aria seriosa che mi fece sorridere. So bene a cosa pensava: a mia madre, la donna dalla quale non ricordavo di avere mai ricevuto un abbraccio. Peggio per me che, in uno di quei momenti di intimità in cui si è disposti a scoprire qualunque ferita, gliene avevo parlato.

«Non si può essere insieme Venere e Minerva, scatenare negli altri passioni violente e restarne immuni», protestai.

«Da quanto mi hai raccontato, non mi pare che la tua *desaparecida* sia così. Dal giovane menestrello e dalla bella ungherese era presa, eccome.»

«Bellezza chiama bellezza, Mara, ma l'amore è un'altra cosa.»

Inarcò le sopracciglia, dissimulando un vago sorriso di compassione. Anche questa era una faccia che conoscevo bene.

Che vuoi saperne tu, Bacci Pagano, che sei un analfabeta dei sentimenti.

«Io vedo invece una donna appassionata», proseguì, «libera da sensi di colpa e capace di soddisfare i propri desideri, che persegue con determinazione obiettivi alti e nobili. Si è anche adeguata a fare un lavoro odioso per proseguire gli studi. Se al suo posto ci fosse un uomo, non ci faresti sopra tante menate.»

«Donna o uomo, non cambierebbe niente: li ha mollati tutti da un giorno all'altro senza una spiegazione. Non la sto giudicando, dico solo che amare una donna così non fa bene alla salute.»

«Perché non concepisce l'idea del possesso? Si è data delle mete impegnative e forse le persone che le stanno intorno non tengono il suo passo.»

«Questo la esime dal preoccuparsi dei loro sentimenti?»

Sospirò. Gli analfabeti emotivi richiedono una certa dose di pazienza.

«Ho l'impressione che la tua posizione limiti il tuo punto di vista», replicò.

La sua voce, leggermente rauca, aveva ripiegato su un tono dolce, comprensivo e quasi premuroso. «Del resto, metterti nei panni del cliente fa parte del tuo lavoro, giusto?»

«Nei panni del dinosauro?»

«Non mi fraintendere, non voglio dire che tu e Pizarro siete uguali, ma le cose che ho sentito l'altra sera...»

«A cosa ti riferisci?»

«Quell'astruso discorso sulla fine del secolo e del millennio, non hai fatto che ripetere che non ti riconosci più in questo mondo, come se ne esistesse un altro. Non puoi guardare solo al passato, Bacci.»

«Ti sbagli, Mara: quello che è stato è stato, il passato non cambia e non me ne importa un accidente; io mi aggrappo con le unghie e coi denti al presente, che mi scivola via dalle dita come sabbia, come acqua.»

«Quindi è il futuro che ti fa paura? Per questo nel lavoro hai sfidato tante volte la morte?»

«Cosa c'entra la morte?»

«È la prima cosa a cui ho pensato quando ho sentito la canzone della Vartan.»

«La canzone della Vartan?»

«Cantamela ancora», miagolò facendo gli occhi dolci.

«Perché?»

«Dai, non farti pregare. Canta!» insistette, assestandomi una gomitata sul fianco.

Presi fiato e sottovoce attaccai:

Piano piano,
ma irresistibilmente
torno da te.
La mia vita
irresistibilmente
corre con te.

«Non ci avevi pensato?» chiese con un sorriso malinconico.

«Neanche lontanamente. Piuttosto, dovresti ascoltarla dal mio cliente. Ha una bella voce e la canta in falsetto.»

«Il tuo cliente», ripeté.

«Sì, Pizarro.»

«Anche se non lo conosco, quell'uomo non mi piace. Tu invece ne sei rimasto affascinato.»

«Neanche per idea! Lui sì che guarda al passato, ma questo

non gli ha impedito di arricchirsi e vivere di rendita speculando in borsa. E, come se non bastasse, è anche un bugiardo. Bugiardo e stupido, perché mentire agli investigatori privati è come mentire agli avvocati e agli psicoanalisti: li paghi e ti freghi da solo.»

«E lui lo ha fatto?»

«Due volte. Mi ha raccontato di aver conosciuto la moglie in un bar vicino all'università, quando invece l'ha vista nel night dove lavorava.»

«E perché?»

«Temeva mi facessi un'idea sbagliata dei suoi sentimenti.»

«E la seconda volta?»

«Il giorno prima che scomparisse sono usciti in barca e, a sentire lui, appena il mare si è alzato sono rientrati in porto perché lei soffre di cinetosi.»

«E non è vero?»

«La moglie fa regate da quando era bambina. Si è mai visto uno skipper col mal di mare? Ho dovuto metterlo alle strette e alla fine ha riconosciuto che non era vero.»

«Perché ha mentito?»

«Non è stato in grado di spiegarlo. Sembra che si sia sentita male e abbia vomitato.»

«Tu gli credi?»

«Sostiene che ci sono tracce di vomito su un parabordo della barca.»

«Hai controllato?»

«No.»

Mara rimase in silenzio, perplessa. Lanciò un'occhiata verso la finestra; dalle persiane chiuse spiovevano liste di luce e nell'aria danzava festosa una nuvola di pulviscolo dorato. La sua mente sembrava inseguire il filo invisibile di un ragionamento. A un tratto si scosse e attaccò: «Se ricordo bene, hai detto che negli ultimi tempi il marito l'ha vista preoccupata».

«Anche il professore di latino con cui collabora l'ha confermato.»

I suoi grandi occhi verdi si fecero tondi come due palline da ping pong.

«Non sarà mica incinta?»

13.
NEL TEMPO SBAGLIATO

Alle nove del mattino tornavo a salire le antiche scale della facoltà di lettere. Gli umori che mi si agitavano dentro erano gli stessi del giorno prima: un barlume di nostalgia, vaga soggezione e un incipiente senso di nausea. Quelle scale datavano al diciassettesimo secolo e costituivano un monumento consacrato alla cultura della città; ma non era la loro solennità a inquietarmi, quanto il grezzo dato biografico, perché in quei fasti archeologici si era consumata la mia rovina. Altro che il rimpianto del passato di cui parlava Mara!

La dottoressa Sabelli era così perspicace quando si trattava di analizzare persone e situazioni che non ci riguardavano. Tant'è che, se ora mi trovavo lì, lo dovevo a lei, all'improvvisa intuizione che mi aveva servito su un piatto d'argento e che avevo colto al volo. Peccato non fosse altrettanto acuta e lungimirante quando entrava in gioco la nostra relazione sentimentale.

Avevo telefonato al professor Cevasco avanzando una richiesta che da principio gli era suonata bizzarra e irricevibile, contraria a qualunque regolamento e ai limiti della legalità. Solo l'interesse per le sorti della sua pupilla lo avevano indotto ad ammorbidirsi. Così, dopo qualche tentennamento, abbandonato il latino dei classici, aveva sospirato: «*Omnia munda mundis*» e aveva finito per cedere.

Mi accolse senza troppi convenevoli, con il volto scuro, tormentato dal dissidio interiore, anche se fresco di rasatura e fragrante di dopobarba al mentolo. Il corpo spandeva intorno profumo di acqua di colonia e, al solito, era abbigliato come si conveniva a un intellettuale parigino del maggio francese, curiosa combinazione di look casual e schegge di eleganza fin troppo chic, tipo il foulard sotto il colletto aperto della bianca camicia di lino.

«Mi segua, non abbiamo molto tempo», disse con un'aria da apprendista carbonaro, infilando il corridoio che mi stava diventando familiare. «La postazione della dottoressa è nella stanza in fondo.»

Myra Rostova, dottoranda dell'istituto di letteratura latina, non disponeva di un ufficio tutto suo, ma si era comunque guadagnata una scrivania in una stanza che condivideva con altre due ricercatrici. Il locale, ampio, luminoso e tappezzato di scaffali pieni di libri, era adiacente alla biblioteca. Quando entrammo le due giovani colleghe stavano studiando e, appena videro il professor Cevasco, drizzarono la schiena e lo salutarono sbattendo le lunghe ciglia e aprendosi a un largo, voluttuoso sorriso. Per pura cortesia salutarono anche me, che lo sovrastavo di venti centimetri buoni, ma non potevo certo vantare né i suoi titoli né il suo charme.

Il professore ricambiò con modi più ingessati del solito: il fatto di accompagnarsi a un estraneo che si apprestava a rovistare nei cassetti di una collaboratrice dell'istituto lo metteva in visibile imbarazzo e gli aveva tolto l'abituale sicurezza, per cui le sue Clark non scivolavano fluide sul pavimento incerato e la corporatura mignon appariva legata nei movimenti, come un burattino a cui si siano imbrogliati i fili.

Si rivolse alle due sottoposte e improvvisò una giustificazione abborracciata.

«Il dottor Pagano è qui per incarico del marito della dottoressa Rostova. Deve ritirare alcuni effetti personali. Prego, dottore, si accomodi», disse con la voce impostata.

Quando udirono il nome di Myra, le due donne entrarono in fibrillazione. La prima, sui trent'anni, capelli corvini tagliati corti, piercing all'orecchio e abito nero stile punk, incrociò il mio sguardo e domandò: «Come sta Myra? Non abbiamo sue notizie da una settimana, è malata?».

L'altra, una biondina un po' più anziana, lunghe chiome lisce che le fluivano sulla schiena, nasino all'insù e labbra carnose accentuate da un vistoso rossetto scarlatto, camicetta di pizzo bianca e abbigliamento antiquato, la seguì a ruota: «Lei è un parente? Come mai non sta venendo al lavoro? Le è successo qualcosa?».

Cevasco si sentì in dovere di intervenire per fermare quel maldestro interrogatorio e, facendo valere la propria autorità, le richiamò all'ordine: «Dottoressa Costa, dottoressa Morelli, per cortesia. Il dottor Pagano non è tenuto a fornire spiegazioni, anzi, ragioni di riservatezza gli vietano di farlo. Vi prego di avere pazienza, lasciatelo lavorare».

Le due giovani studiose ammutolirono, si limitarono ad annuire e ripresero la loro attività mezzo deluse e mezzo mortificate. Il professore mi chiese di scusarlo, doveva andare in biblioteca per ritirare alcuni libri.

«Proceda pure, ci rivediamo tra dieci minuti», disse.

Attraversai la stanza e mi sedetti alla postazione di lavoro di Myra. La scrivania aveva il ripiano di legno con il panno lenci consunto e un unico cassetto centrale. Sul ripiano c'erano un dizionario di latino, il mitico vocabolario Rocci di greco, quattro tesi di laurea, una lampada e un portapenne vuoto. Il cassetto non era chiuso a chiave. Lo aprii e cominciai a rovistare. Il contenuto era disposto in un ordine meticoloso: penne, matite, graffette, un paio di forbici, un rotolo di scotch, un'agenda in finta pelle blu, alcuni libriccini di poesie latine, un testo scritto in cirillico, un quaderno, una scatola di cerotti, un pacchetto di Muratti, un accendino e una confezione di chewing gum.

Per primo estrassi il quaderno. Era per gran parte occupato da fitti appunti compilati in italiano con una calligrafia elegante e rotonda, tipicamente femminile; lessi qualche appunto, dovevano essere note scritte in preparazione del seminario. Lo riposi nel cassetto e prelevai l'agenda, con la speranza che mi fornisse qualche indicazione utile. Si trattava di una Quo Vadis Planing, una classica agenda settimanale con la rubrica telefonica estraibile. Cominciai a sfogliarla a partire dalla settimana corrente, quella del seminario che Myra aveva saltato, e procedetti a ritroso. Le annotazioni erano scarne e concernevano appuntamenti di lavoro. Quasi ogni giorno lavorativo riportava uno, due o tre appuntamenti con l'indicazione del cognome dell'interessato. Alcuni cognomi si ripetevano, quasi certamente si trattava di studenti e laureandi. La mia attenzione fu attirata da un'annotazione di lunedì 2 maggio: *ore 18, dott. Parisi.* Il nome non mi diceva niente, poteva trattarsi di uno studente laureato o di un collega, ma mi colpì il fatto che fosse il solo indicato con la qualifica accademica. Andai ancora indietro e il 22 aprile, venerdì, ritrovai lo stesso cognome, questa volta seguito da un indirizzo: *ore 20, dott. Parisi, via Porta degli Archi 2* e dal numero di un telefono. Passai allora a controllare le settimane successive e, sfogliate una decina di pagine che non riportavano alcun appuntamento, mi imbattei in un foglio bianco, ripiegato in due, che era stato inserito nell'agenda; lo aprii e mi accorsi di aver fatto tombola. Si trattava di una ricetta medica su carta bianca intestata: *Dott. Antonio Parisi, Aiuto Ostetricia e Ginecologia, Ospedale San Martino di Genova.* Portava la data del 2 maggio e, scritta a penna, conteneva un'indicazione inequivocabile: *Miroslava Rostova, a. 25., grav. 7ª sett., richiesta IVG.*

Quel demonio della mia fidanzata aveva centrato il bersaglio.

Decisi di prelevare l'agenda, il quaderno di appunti e, giusto per depistare le due ricercatrici, il libro scritto in cirillico.

Quando Cevasco si presentò sulla porta con due voluminosi tomi sottobraccio ero già in piedi, in attesa di andare via. Mi ero premurato di scusarmi per il disturbo con le colleghe di Myra, le quali non persero l'occasione per esprimere la loro preoccupazione, pregandomi di dare notizie appena possibile.

«Ha trovato quello che cercava?» domandò il professore.

Annuii e dopo avere salutato le dottoresse Costa e Morelli ci avviammo lungo il corridoio. Cevasco mi camminava al fianco senza dire una parola, ma non stava più nella pelle e avvertivo la pressione quasi fisica della sua curiosità.

«Ha dato un'occhiata a questa agenda?» domandai mostrando la Quo Vadis.

«Non mi permetterei», rispose, ed ebbi l'impressione che dicesse la verità. Infatti, si affrettò ad aggiungere: «Anche se ne avevo una voglia matta. Ha trovato qualcosa di interessante?».

«Credo di sì, ma non posso parlarne.»

«Capisco», rispose dispiaciuto, «ma la prego, dottor Pagano, mi tenga informato. Avrà capito quanto Myra mi sta a cuore, e il pensiero che le sia successo qualcosa non mi dà pace.»

«Lo farò, glielo prometto», replicai.

Ci congedammo con una robusta stretta di mano e infilai le scale, in preda a un confuso tumulto di sentimenti: ero rimasto turbato dalla sincera apprensione mostrata da Cevasco e dalle colleghe di Myra, ero eccitato per la scoperta che avevo appena fatto e la testa pulsava, bombardata dalle domande sollevate da quella sconvolgente novità. Inoltre, faceva capolino una sorta di fastidio per il colpo che Mara aveva inferto al mio conclamato fiuto investigativo. Al suo intuito e alla sua sensibilità femminili era bastata qualche parola scambiata nella luce incerta dell'alba per cogliere una verità essenziale che a me, dopo giorni di colloqui ed elucubrazioni, era completamente sfuggita.

Attraversai l'atrio di Balbi 4, immerso in una fresca penombra, e sul portone fui investito da una vampa di luce e di calore. Eravamo a maggio inoltrato e quell'anno era la prima volta che nell'aria avvertivo l'odore dell'estate.

Mi avviai a piedi verso l'ufficio e intanto mi chiedevo se il mio cliente fosse informato della gravidanza della moglie: della gravidanza e della decisione di abortire. Il fatto che non me ne avesse parlato deponeva per una risposta negativa. Altrimenti, perché nascondere un'informazione così decisiva? Inoltre, il fatto che Myra avesse riposto la ricetta medica nell'agenda del lavoro, anziché tenerla in borsa come sarebbe stato naturale, lasciava sospettare che intendesse affrontare l'interruzione della gravidanza senza coinvolgere il marito.

Ma, se era così, perché tenerlo all'oscuro?

Forse il figlio non era di Pizarro?

Ripensai alle parole di Paula Pataki e Armando Mastrangelo, secondo cui Myra era una compagna fedele, incapace di tradire; dunque, il figlio che portava in grembo doveva essere del mio cliente. Ma allora, qual era la ragione del segreto?

Mentre camminavo a passo sostenuto lungo via Garibaldi, presi a sfogliare l'agenda, procedendo dal punto in cui avevo rinvenuto la ricetta bianca in avanti. Le pagine erano intonse, salvo una: venerdì 3 giugno. Alle ore 8 era scritto in caratteri cirillici: операция. Non conosco il russo, ma ne conosco l'alfabeto. La parola era *operatsiya*: operazione, intervento chirurgico. Dunque, Myra aveva già fissato l'appuntamento in ospedale e, per scaramanzia o perché risultasse meno decifrabile, lo aveva appuntato nella propria lingua madre.

Mi domandai cosa fare di tutte queste informazioni. Era ovvio che non potevo tenerle per me, dovevo metterne a parte il mio cliente, ma non prima di aver tentato un piccolo test per verificare se anche in questa occasione mi aveva mentito.

Arrivai a piazza De Ferrari, scesi in piazza Matteotti e mi infilai in salita Pollaiuoli, una delle infinite vie di accesso al labirinto della città vecchia. All'angolo con Giustiniani acquistai i giornali, «Il Secolo» e «la Repubblica» e, superata la chiesa di San Donato col suo campanile romanico ottagonale, una sorta di millenaria quercia di pietra, presi a salire per stradone Sant'Agostino.

Gli avventori della crêperie del Capitano cominciavano ad arrivare alla spicciolata. Mi soffermai davanti al portone di casa con le chiavi in mano e, per la prima volta, non avvertii il senso di estraneità che fino a quel momento mi aveva preso alla gola ogni volta che entravo nel palazzo. Non sapevo quanto quello stato di grazia sarebbe durato, probabilmente poco, ma sul momento mi parve un buon segno e me ne rallegrai. Mi infilai nel vecchio ascensore e salii al quinto piano. Anche sul ballatoio, davanti alla lucida targa di ottone dell'agenzia, la sensazione di essere arrivato a casa perdurava. Quando fui dentro, seduto alla scrivania dell'ufficio inondato da una luce ormai estiva, mi parve di sentirmi abbastanza bene da farmi venire voglia di festeggiare. Il mobile bar era vuoto e in casa non avrei trovato altro che acqua del bronzino, così mi venne in mente di celebrare l'evento con la musica.

Frugai nel ripiano dei vinili ed estrassi il penultimo concerto per pianoforte di Mozart, il numero 26 in Re maggiore, del quale ricordavo bene la melodia struggente del larghetto. Misi il disco sul piatto e lo feci partire. L'orchestra attaccò, prima in sordina, annunciando l'aria che sarebbe stata ripresa dal pianoforte, e poi con il piglio deciso degli archi, ma fu un'amara sorpresa accorgermi che non mi procurava nessuna emozione. Calma piatta, come se l'anima fosse diventata sorda.

Di colpo mi sentii di nuovo un ospite, un abusivo che occupava un ufficio che non gli apparteneva, e la stanza tornò estranea e anonima come l'atrio d'una stazione.

Non avevo più scuse da accampare: in me c'era qualcosa che non andava. Mi sentivo imbrigliato in una ragnatela di fili invisibili che mi impedivano di sentire, pensare, agire. Un vortice maligno che mi risucchiava *irresistibilmente*...

Che anche in questo caso avesse ragione quel diavolo della mia fidanzata?

Abbassai il volume dello stereo, alzai la cornetta e composi il numero dell'ufficio di Carlo Pizarro. Rispose la voce compassata della segretaria, la signora Origo, distolta da chissà quali pensieri raggrumatisi nella contemplazione della parete bianca. Le dissi il mio nome e con voce asettica rispose di attendere, senza dare il minimo segnale di avermi riconosciuto.

Mentre aspettavo in linea, pensai che, per qualche imperscrutabile ragione, io e lei eravamo simili. Anch'io mi sentivo inchiodato davanti a uno schermo bianco, spettatore di un film che non voleva partire, in attesa che immagini e voci e suoni tornassero ad affollarsi sul palcoscenico della vita. Forse ero arrivato al cinema troppo presto, o troppo tardi, in ogni caso nel tempo sbagliato. O forse aveva ragione Mara e, molto semplicemente, quel film non volevo vederlo perché avevo paura di scoprire come andava a finire.

L'occhio si posò sul ripiano della scrivania, dove con il quaderno di appunti e il libro avevo appoggiato l'agenda di Myra, e in quel preciso istante la voce arrochita di Carlo Pizarro mi riportò al presente.

«Chi parla?» domandò.

Dunque davvero la donna si era limitata a passare la telefonata senza dirgli chi stava chiamando.

«Mi sono appena presentato alla sua segretaria», replicai.

«Sono felice di sentirla, Pagano», disse con cordialità, ignorando la mia obiezione.

«È sicuro che la signora Origo stia bene?» insistetti.

«Non ne ho idea. L'ho assunta con un annuncio sul giornale», rispose con un candore disarmante.

«Quando?»

«Tre anni fa, di lei conosco solo il nome e la qualifica.»

Era sorprendente, e anche un po' rivoltante, scoprire che un nostalgico dell'epoca della ricostruzione convivesse otto ore al giorno da tre anni in un buco di quaranta metri quadrati con una persona della quale ignorava tutto. In fondo, quelli da lui vagheggiati erano stati anni segnati da grandi passioni collettive e da una socialità combattiva e vitale. Pizarro si rammaricava di non essere un cavaliere del lavoro, ma dell'unica persona che lavorava per lui conosceva solo il nome e la qualifica. L'aspetto positivo della faccenda, se tale si poteva considerarlo, era che veniva ricambiato con la stessa moneta, perché anche la signora Origo sembrava fare tabula rasa di qualunque legame e azzerare la memoria di tutti i contatti dell'ufficio, limitandosi a smistare le telefonate come farebbe il relais di un centralino automatico.

«Ha qualche novità?» domandò, rompendo il silenzio che si stava prolungando oltre misura.

«Sì, ma per prima cosa devo farle una richiesta.»

«La ascolto.»

«Vorrei parlare con sua suocera.»

«Per quale ragione?» domandò.

Nella voce si avvertiva sottotraccia un'impalpabile irritazione.

«Perché lei si ostina a non farlo e quella povera donna ha bisogno di essere rassicurata.»

«Come posso rassicurarla se non so dove è finita mia moglie?»

«Non tocca a me insegnarle a comportarsi civilmente. Le chiedo solo di lasciarmi telefonare.»

«Per me può telefonare a chi le pare. Vuole il numero?»

«Non occorre, me lo sono procurato.»

Scoppiò a ridere, una risata forzata e astiosa. Era evidente che quella richiesta lo disturbava, non solo perché conteneva un clamoroso sconfinamento dai limiti del mio mandato, ma soprattutto perché suonava come un segnale di sfiducia nei suoi confronti.

«Scommetto che lo ha avuto dalla ex coinquilina di mia moglie. Quella donna non fa che brigare per sabotare il mio matrimonio.»

«È stata vostra testimone di nozze.»

«L'ha voluta Myra, le sue conoscenze in Italia erano piuttosto limitate e la Pataki era una delle poche persone con cui avesse confidenza. Ma Myra non è una stupida e, dopo il matrimonio, sul suo conto si è ricreduta e l'ha tagliata fuori. Le avrà detto che mia moglie trovava mille scuse per non vederla. Pensi che non l'ha neppure invitata alla sua festa di laurea.»

La soddisfazione con cui pronunciò queste parole mi indusse a pensare che dei trascorsi erotici della moglie Pizarro sapesse più di quanto diceva.

«Sì, Paula è consapevole d'essere stata allontanata», confermai.

«Una scelta di buonsenso. Frequentarla significava mantenere un legame insano con quell'ambiente.»

Mi chiesi che cosa altro sapesse di Myra che continuava a tacermi. Provai a prenderla alla larga e domandai: «Prima di sabato scorso, era mai accaduto che sua moglie vomitasse in barca?».

«Mi sembra di averle già spiegato che non era mai successo», rispose spazientito.

«Ma lei, quando ha visto una consumata velista come Myra vomitare in quel modo, cosa ha pensato?»

Seguì un breve silenzio. La mia domanda lo aveva colto di sorpresa. Provò a cavarsi d'impiccio, si schiarì la voce e rispose: «Cosa diavolo potevo pensare? Che non aveva digerito... Anzi, ora mi ricordo, è stata lei a dirmi che la sera aveva mangiato le cozze e ne era rimasta disturbata».

«Le cozze?»

«Sì, le cozze. Noi li chiamiamo muscoli. Chissà quante volte un genovese come lei li avrà cucinati alla marinara. Dovrebbe sapere che sono indigesti. Myra ne va matta, ne avrà fatto una scorpacciata e si è sentita male.»

Stava piegando sul sarcasmo e avvertii che eravamo vicini a un punto di rottura. Ma ormai avevo dato il via alle danze e non potevo fermarmi.

«Dunque la sera prima non avete cenato insieme.»

«Sono andato ad Arenzano per sistemare la barca e ho fatto tardi. Quando sono tornato lei aveva già cenato ed era chiusa nello studio a lavorare, così ho mangiato da solo.»

«Muscoli alla marinara.»

«No, pesce al forno. I molluschi non mi piacciono, né cozze né ostriche né capesante. A malapena tollero gli spaghetti con le vongole, e mia moglie lo sa.»

Era venuto il momento di piantarla con i giochetti e andare al sodo.

«Mi dica un'ultima cosa, dottor Pizarro: lei e sua moglie usate qualche precauzione?»

Altra pausa di silenzio. Questo era un colpo basso. Provai a immaginare la sua faccia, e non vidi un'espressione conciliante.

«In che senso?» farfugliò.

«Usate anticoncezionali per fare sesso?»

Nella sua esistenza di figlio di proletari che avevano conosciuto gli stenti della guerra e sperimentato l'euforia della ricostruzione, a partire dagli anni della scuola Carlo Pizarro aveva interpretato con scrupolo e senso di responsabilità il ruolo privilegiato e oneroso di apripista: era infatti il primo nella numerosa parentela di operai, barbieri e fornai distribuiti fra Voltri e la valle Stura che accedeva a un liceo e all'università e conquistava l'agognato titolo di dottore. Questa fortunosa regalia largitagli dalla storia non poteva essere totalmente gratuita e comportava una serie di obblighi verso i genitori, i parenti e il mondo intero, che comprendevano gratitudine, rispetto, glorificazione degli anni del boom economico, quello che gli aveva consentito di fare il salto della quaglia, senso di colpa per non essere stato tra gli artefici di quel miracolo e una generalizzata pratica delle buone maniere che escludeva il ricorso alla violenza verbale e fisica e implicava un rigido controllo della rabbia. Chi vince alla lotteria non può pisciare sui piedi di quelli che hanno acquistato il biglietto sbagliato.

Così, nonostante la mia domanda impertinente lo avesse fatto uscire dai gangheri, si limitò a increspare appena la voce e disse: «Non vedo cosa c'entri questo con la ragione per cui la pago».

«Mi chiedevo se non ci avesse pensato.»

«A cosa?» domandò trattenendo a fatica la voglia di urlare.

«Al fatto che Myra ha vomitato perché era incinta.»

14.
METAMORFOSI

Quando chiusi la telefonata con Pizarro mi sentivo... *strano*. Paralizzato e insieme sdoppiato, al punto di osservarmi dall'esterno come se fossi un reperto fossile, come la famosa zanzara di *Jurassic Park* imprigionata in una goccia di ambra.

Il film di Spielberg era uscito nelle sale nell'autunno precedente, un successo planetario che aveva incassato milioni di dollari e dato la stura a un fenomeno destinato a durare a lungo: la «dinosauromania». Giocattoli, videogiochi, gadget, parchi tematici, pubblicazioni illustrate, documentari e raccolte di figurine avevano invaso l'immaginario di genitori e figli con la forza dirompente d'un uragano tropicale. Qualunque bambino occidentale, pur continuando a ignorare la tabellina del sette e la data di inizio dell'era moderna, conosceva a menadito la differenza tra il Tyrannosaurus rex e il Velociraptor e aveva imparato una lezione di grande utilità pratica: se per caso ti capita di imbatterti in un T-rex resta immobile e la sfanghi, mentre col Velociraptor non puoi far altro che dartela a gambe, sempre che tu sia più veloce di lui.

Era stato il primo film che Mara e io avevamo visto dopo la mia separazione, usciti dalla preistoria della clandestinità. Poteva suonare di cattivo auspicio, ma la nostra vita alla luce del sole si inaugurava con un film popolato di creature giurassiche destinate all'estinzione.

Cosa può percepire, ricordare, combinare un insetto su cui milioni di anni fa è colata una goccia di resina che, induritasi, l'ha sigillato nello splendore mortifero di un prezioso sarcofago naturale?

Quando gli avevo comunicato che Myra era incinta e aveva prenotato l'intervento per abortire, il mio cliente era ammutolito. Un prolungato, gelido silenzio che nella mia testa produsse un effetto di vuoto pneumatico. Nessun pensiero, nessuna immagine, nessuna emozione. Fu quello il momento in cui cominciai ad avvertire che mi stavo trasformando. Come il Gregorio Samsa di Kafka anch'io stavo per diventare qualcos'altro: non uno scarafaggio ma una zanzara.

Poi Pizarro si era deciso a parlare, e aveva farfugliato: «Myra aspetta un bambino?».

«Per ora sì. L'interruzione della gravidanza è fissata per il 3 giugno, alle otto del mattino.»

«Il 3 giugno», aveva ripetuto con voce atona, inespressiva, la voce di un automa.

«Ora sappiamo dove trovare sua moglie.»

«Sì, lo sappiamo.»

Il suo stupore sembrava sincero, ma suonava vacuo e piatto, privo di profondità. La sua reazione emotiva ricordava quelle successive a un trauma, una forte botta in testa che stordisce e compromette l'equilibrio. Avrei potuto chiedermi se a destabilizzarlo fosse l'idea di avere un figlio, oppure quella di perderlo, se dubitava che il figlio non fosse suo, o se invece era quello che in fondo desiderava. Avrei anche dovuto domandarmi se la fuga di Myra fosse collegata alla gravidanza o alla scelta di interromperla, cioè se fosse scappata per non confessare al marito di aspettare un bambino oppure per tenergli nascosta la decisione di non volerlo. Avrei potuto e avrei dovuto, ma non feci nulla perché, come un insetto del mesozoico, i miei pensieri erano imprigionati in una colata di resina fossile.

«Mi dispiace, dottor Pizarro», fu tutto quello che riuscii a dire. «Il 3 giugno alle otto sarò all'ospedale San Martino, padiglione 11. Mi faccia sapere cosa intende fare.»

«Naturalmente», rispose in un soffio.

Dopo avere riattaccato mi sforzai di recuperare un briciolo di lucidità e la prima idea che mi balenò in mente fu quella di saltare sulla Vespa e raggiungere il porticciolo di Arenzano.

Invece chiamai casa Rostov a Kiev. Non feci in tempo a sentire il primo *tuuu* che sollevarono la cornetta. Qualcuno aspettava quella chiamata come il responso d'un oracolo, seduto sul telefono.

La voce della madre di Myra era pastosa e rotonda, ma tesa come la corda d'un violino. Mobilitai il mio inglese arrugginito e mi presentai. Spiegai che ero un investigatore privato assunto da suo genero per ritrovare la moglie e che avevo deciso di telefonare su suggerimento di Paula Pataki. Ascoltò in silenzio e, passando anche lei all'inglese, che parlava in scioltezza come una seconda lingua, disse di chiamarsi Ljudmila Sergeevna e, raschiando di gola e trattenendo a fatica un singhiozzo, domandò: «*What happened to my daughter?*». Che cosa è successo a mia figlia?

Non avevo preso accordi con il mio cliente, ma non me ne preoccupai. In fin dei conti stavo supplendo a una sua mancanza. Decisi solo che, per rispettare la privacy di Myra, non avrei parlato della gravidanza e dell'aborto.

«Sua figlia è uscita domenica mattina presto, mentre Carlo dormiva, e da allora non abbiamo più sue notizie.»

«Questo lo so, ma cosa le è accaduto? Perché non chiama? E perché Carlo non si fa trovare?»

«È sconvolto, è convinto che lei lo abbia lasciato e questo lo riempie di paura e di rabbia.»

«Non è una buona ragione per prendersela con noi e tenerci sulle spine. Ma è sicuro che non sia successo niente di male a Myra?»

«Non sono sicuro di niente, signora. Quello che posso dirle è che sulla sua agenda ho trovato un appuntamento fissato per il 3 giugno. Sono indicate l'ora e il luogo, ci andrò e spero finalmente di incontrarla.»

«Con chi ha preso appuntamento?»

«Non è importante. Quello che conta è che ora sappiamo dove trovarla.»

«Nel frattempo potrebbe avere cancellato l'impegno...»

«Nel caso, chiederemo spiegazioni alle persone che deve incontrare.»

«Signor Pagano», disse con la voce rotta dalla commozione, «lei non ha conosciuto mia figlia, vero?»

«No, quello che so di lei l'ho appreso interrogando le persone che le sono state vicine.»

«In questi anni, anche se viviamo lontani, i nostri rapporti sono sempre stati stretti. Myra è la nostra unica figlia ed è molto legata a noi. I suoi interessi, le sue ambizioni e perfino i suoi sogni li ha coltivati attraverso il dialogo con suo padre e con me. Non abbiamo mai smesso di parlare e lei tiene in gran conto le nostre opinioni. Perfino durante il viaggio di nozze, quando era in America, telefonava a casa ogni due giorni. Un anno fa suo padre ha avuto un problema di salute» – «*health trouble*», disse, senza specificare di cosa si trattasse – «e lei si è preoccupata e ha preso l'abitudine di chiamare almeno tre volte alla settimana per avere notizie. Io capisco che, se ha lasciato suo marito, può essere confusa, addolorata, forse innamorata di un altro uomo, ma non si dimenticherebbe mai di suo padre.»

«Cosa intende dire, signora Rostova?»

«Sono preoccupata, questo intendo dire. Scomparire così non è da lei. E non posso parlarne con Anatolij, le sue condizioni negli ultimi mesi si sono aggravate e rischierebbero di peggiorare. Mio marito ha bisogno di assistenza continua e i medici si sono raccomandati di non lasciarlo solo: solo questo mi impedisce di prendere un aereo e venire a Genova.»

«La sua presenza qui non sarebbe di nessuna utilità.»

«Perché invece stare attaccata al telefono, fingendo che tutto vada bene, in attesa che qualcuno chiami per annunciare che mia figlia...»

Scoppiò in un pianto dirotto, per quanto si sforzasse di non farsi udire dal marito. Avvertii con chiarezza che aveva una gran voglia di urlare e spaccare tutto, ma non poteva farlo, e questo doveva rendere la sua condizione ancora più drammatica.

Provai a rincuorarla dicendo la prima cosa che mi passò per la testa: «Non si lasci prendere dallo sconforto, dopotutto sua figlia se n'è andata sulle sue gambe, portandosi via i propri effetti personali...».

«E allora perché non telefona? Si è forse dimenticata del cancro di suo padre?»

«Non so, ma presto lo scoprirò. Perché io la troverò, signora Rostova, può starne sicura. Ora che ho il vostro numero, la terrò informata.»

Mentre pronunciavo queste parole un brivido mi corse lungo la schiena.

«Me lo promette?»

«Glielo prometto.»

Ci salutammo e, chiusa la comunicazione, per qualche secondo fui colto da una sorta di stupore catatonico. Ero confuso, esausto e svuotato. Avevo rinnovato una promessa che esulava dal mio incarico e dai miei obblighi professionali. Mi ero impegnato a fornire notizie a persone terze, a dispetto del contratto che mi legava al mio cliente e, nello stesso tempo, promettevo qualcosa che non ero lontanamente convinto di poter mantenere.

Era tempo di darmi una scrollata e mettermi sulle tracce del dottor Antonio Parisi. Avevo il numero telefonico del suo studio e chiamarlo sarebbe stata la via più rapida per raggiungerlo. Ma si trattava di un medico, c'era di mezzo il segreto professionale e dovevo mettere in conto il rischio che rifiutasse di fornirmi informazioni o che addirittura non volesse incontrarmi. Per quanto azzardata, coglierlo di sorpresa con un'improvvisata poteva essere la scelta migliore. Il problema era trovarlo.

Controllai l'ora: mezzogiorno e un quarto. Con ogni probabilità, di lì a poco avrebbe lasciato l'ospedale per recarsi allo studio. Decisi di tentare la fortuna e mi precipitai di corsa giù per le scale con l'intenzione di anticiparlo, sfruttando la capacità della mia Vespa di sgusciare nel traffico come un'anguilla, eludendo anche gli ingorghi più congestionati.

Venti minuti dopo posteggiavo il PX amaranto davanti al padiglione 11 dell'ospedale San Martino. L'edificio, alquanto malandato e immerso in un verde ancora più acciaccato, risaliva al primo Novecento e ospitava il reparto di ginecologia e ostetricia. Incrociai un infermiere che stava uscendo dall'ingresso principale con in mano una pila di fogli e domandai del dottor Parisi. Mi disse che l'avrei trovato in corsia, al secondo piano. La porta di accesso al reparto era chiusa, suonai e venne ad aprire un'infermiera corpulenta che si mostrò subito poco incline ai convenevoli: probabilmente avevo disturbato la sua pausa pranzo; la divisa bianca conteneva a stento un fisico robusto che debordava sul seno e sui fianchi. Aveva i capelli, neri e lucidi, raccolti in una crocchia e una leggera peluria sul mento.

«Buongiorno, sto cercando il dottor Parisi», esordii.

Mi scrutò storto e domandò brusca: «È il marito di una paziente?».

«In un certo senso», glissai.

«Caro signore, *in un certo senso* non è una risposta. È un parente o no?»

«Faccio le veci del marito.»

«*Faccio le veci?* Ma come parla?»

Non avevo previsto di imbattermi in una tignosa analista del linguaggio nel bel mezzo d'un reparto di ginecologia. Era comunque chiaro che senza esibire le mie referenze non sarei arrivato da nessuna parte. Così estrassi la fotocopia della licenza, che porto sempre con me, e gliela dispiegai sotto il naso.

«Sono un investigatore privato», dissi. «Sto cercando una donna scomparsa e spero che il dottore possa fornirmi qualche informazione utile a ritrovarla.»

Corrugò le folte sopracciglia corvine ed emise un leggero grugnito di approvazione. «Attenda un attimo», disse. E richiuse la porta.

Cinque minuti dopo sentii due giri di chiave, la porta si riaprì e comparve un uomo sui cinquanta, capelli folti scompigliati, altezza media, sul cui volto paonazzo spiccavano una folta barba rossiccia e un paio di robusti occhiali con la montatura d'osso. Anche lui era di corporatura robusta, indossava una camicia azzurra, cravatta regimental dal nodo allentato, un paio di calzoni grigi e un camice piuttosto stazzonato che teneva aperto e pareva quasi essergli d'ingombro.

«Buongiorno», disse porgendomi la mano, con gli occhi a fessura e un sorriso che tremolava sotto la barba. «Sono il dottor Parisi.»

Ricambiai il saluto e gli strinsi la mano. Aveva una presa energica e cordiale, coerente con l'impressione che dava di uomo dal carattere espansivo, gioviale.

Mi invitò a entrare e richiuse la porta.

«Davvero è un investigatore privato, come Philip Marlowe?» domandò divertito.

«Sì, quando non posso farne a meno, esco dai libri e me ne vado in giro.»

«Non intendevo offenderla, sa com'è, non capita tutti i giorni...»

«Non si preoccupi, la sua è una reazione piuttosto comune. Specialmente nei lettori di libri gialli.»

«Ottima deduzione: sono un appassionato di gialli.»

«Anch'io. Qual è il suo autore preferito?»

«Senza dubbio Georges Simenon. Adoro le inchieste del commissario Maigret, ma ancor più i suoi libri duri.»

«Quelli dove il crimine viene analizzato nella sua genesi, a partire da una situazione "normale"?»

«Precisamente, tipo *L'uomo che guardava passare i treni* o *Tre camere a Manhattan.*»

«Oppure *Il segretario* e *La casa sul canale.* Simenon era un vero maestro.»

«E lei? C'è uno scrittore che la ispira nel suo lavoro?»

«Ce ne sarebbero tanti, ma in testa metterei Raymond Chandler e Manuel Vázquez Montalbán. Li conosce?»

«Li ho letti entrambi e devo convenire che sono autori straordinari.»

Non sembrava avere fretta di correre in studio e, nonostante la stazza suggerisse che era amante della buona tavola, neppure di andare a pranzo.

«Non mi sono presentato», dissi. «Mi chiamo Bacci Pagano.»

«Avrei preferito Marlowe o Carvalho, ma mi accontenterò», replicò divertito, facendo spallucce.

«O anche Duca Lamberti», lo assecondai. «Conosce anche Scerbanenco?»

«Eccome. Direi che è l'unico grande che abbiamo.»

«C'è anche Leonardo Sciascia.»

«Chapeau! Ma era un giallista molto sui generis.»

«E Fruttero e Lucentini.»

«Sicuro, dimenticavo *La donna della domenica*! Un romanzo formidabile, scritto da due penne davvero raffinate. Peccato che, secondo i miei gusti, l'ironia non si sposi troppo bene con il genere.»

«Eppure Gadda...»

«Non mi tiri in ballo Gadda, per lui il giallo era solo un pretesto. Riciclava tutto in chiave di parodia: linguaggi specialistici, ideologie politiche, teorie filosofiche e anche i generi letterari.»

«In realtà ci sono altri autori italiani di buone *crime stories*, anche se nessuno se li ricorda.»

«Mi faccia qualche nome.»

«Augusto De Angelis, l'inventore del commissario De Vincenzi: ha scritto una serie di romanzi ambientati a Milano negli anni Trenta. De Angelis era un antifascista e ci rimise la vita, morì a Bellagio a seguito di un pestaggio.»

«Non ne ho mai sentito parlare.»

«I suoi libri sono quasi introvabili, anche perché il fascismo avversò duramente il genere per ragioni di propaganda.»

«E chi altro?»

«Attilio Veraldi, l'autore della *Mazzetta*.»

«Non ho letto il libro, ma ho visto il film con Nino Manfredi e Ugo Tognazzi. Una magnifica storia nera napoletana.»

«A quanto vedo, neanche lei stravede per gli anglosassoni.»

«Intende i classici: Poe, Conan Doyle e Agatha Christie? Diciamo che hanno fatto il loro tempo, anche se di tanto in tanto un romanzo della Christie lo leggo volentieri.»

«Concordo, è una grande scrittrice.»

Portò le dita grassocce nel folto della barba e prese a massaggiarla con aria pensosa, arricciò appena il naso e disse: «Ma non sarà venuto a cercarmi per discutere di letteratura».

«Ha ragione, il fatto è che mi restituisce il buonumore.»

«Ha tutta la mia comprensione», replicò infilando le mani nelle tasche del camice. «Per quelli che fanno il mio lavoro, i romanzi rappresentano una preziosa camera di compensazione. La morte cartacea funge da antidoto emozionale contro quella reale, con la quale ci confrontiamo ogni giorno. E questo vale anche per i medici di questo reparto, anche se sono più fortunati degli altri.»

«In che senso?»

«In ostetricia ci occupiamo della vita. La malattia e la morte le lasciamo alle altre branche della medicina.»

«Allora siete messi meglio di me.»

«Purtroppo lo stesso non vale per la ginecologia», aggiunse. Quindi tornò al punto: «La signora Femia mi ha detto che sta cercando una donna scomparsa».

«Sì, come accade di solito agli investigatori dei romanzi.»

«Immagino si tratti d'una mia paziente», disse facendosi serio, ma mantenendo un'aria di leggerezza.

«Cerco la dottoressa Miroslava Rostova.»

Annuì impercettibilmente, poi di colpo fece no con la testa. «Signor Pagano, sarei ben contento di aiutarla, ma non posso. Dovrebbe sapere che certe informazioni sono riservate, coperte dal segreto professionale.»

«Il mio è un incarico ufficiale», ribattei tirando fuori dalla tasca il contratto firmato da Pizarro. «Legga qui, sono stato delegato dal marito...»

Il dottor Parisi sollevò il palmo delle mani e mi bloccò subito: «Non posso rivelare dati sensibili sulle pazienti senza il loro consenso».

«La signora è scomparsa.»

«Questo non cambia niente.»

«Forse per lei, ma per il marito cambia tutto.»

«Come è arrivato fino a me?»

«Ho trovato il suo nome nell'agenda di Myra. Compare due volte: il 22 aprile e il 2 maggio. Ho anche trovato l'impegnativa per l'interruzione di gravidanza e l'indicazione della data dell'intervento: venerdì 3 giugno alle ore 8, qui, nel suo reparto.»

Distolse lo sguardo e tornò a massaggiarsi la barba. Preso atto che ero già in possesso delle informazioni essenziali, si stava chiedendo cosa avrebbe potuto rivelare senza venire meno al vincolo di riservatezza.

«È stato il marito a fornirle queste informazioni?»

«Il marito non sapeva niente.»

«A maggior ragione devo osservare i miei obblighi. Evidentemente la signora intende mantenere il segreto.»

«Le ripeto che *è scomparsa*. Di lei non si hanno più notizie da domenica mattina.»

«È stata inoltrata una denuncia ufficiale?»

«No.»

«Per quale ragione?»

Se gli avessi detto che Myra si era allontanata portandosi via una borsa con tutti i suoi indumenti mi avrebbe mandato a quel paese insieme a De Angelis, Veraldi e a tutti gli scrittori di gialli, compreso il suo amato Simenon. Optai così per una mezza verità, utile a proiettare sulla vicenda la giusta luce drammatica: «La madre di Myra, che conosce bene la figlia, è convinta che le sia successo qualcosa. Il padre è gravemente ammalato e non era mai accaduto che lei non chiedesse notizie per tanto tempo».

«Suggerisca al marito di inoltrare denuncia di scomparsa. A quel punto potremo fare uno strappo alla regola e consegnare una copia della cartella clinica...»

«Ascolti, dottore», dissi cercando i suoi occhi dietro le spesse lenti da miope. «La cartella clinica non mi serve, non mi aiuterà a trovarla. So che il 3 giugno si sottoporrà all'intervento, vuol dire che quel giorno mi presenterò qui alle otto del mattino.»

Ebbe una sorta di fremito e si incupì. Solo allora mi resi conto di quanto aveva voglia di vuotare il sacco e del conflitto in cui lo avevo cacciato.

«Non lo faccia, sarebbe tempo perso», si lasciò scappare.

«Perché?»

«Prima dell'intervento la signora doveva effettuare gli esami del sangue e un'ecografia. Le ho rilasciato l'impegnativa.»

«E non si è presentata?»

«Doveva prendere appuntamento per telefono, ma non lo ha fatto.»

«Quando?»

«Lunedì, al più tardi martedì scorso.»

«Quindi...»

«...il 3 giugno non ci sarà nessun intervento.»

15.

MARA, ANCORA LEI

Quando uscì dalla doccia, scalza e avvolta nell'accappatoio rosso, all'improvviso l'aria si impregnò del suo profumo di lavanda e agrumi. Aveva sfregato i capelli con l'asciugamani di spugna ed erano ancora umidi e scompigliati. Il taglio corto metteva in risalto i tratti marcati del volto e la profondità dei suoi grandi occhi verdi, appena screziati di grigio.

«Che profumino. Cosa hai cucinato?» domandò.

«Tortino di acciughe e zucchine trifolate», risposi mentre stappavo una bottiglia di pigato imperlata di gelo.

Aprì il frigorifero per versarsi un bicchiere d'acqua e si soffermò a contemplarne gli scomparti. Erano stipati di ogni bendiddio.

«Il nostromo ha caricato la cambusa», disse.

«Per una spesa come si deve bisogna fare il giro delle sette chiese: la pescheria di Canneto il Curto, il macellaio e la bottega dello stoccafisso in Soziglia, l'enoteca di Sottoripa, la frutta e la verdura dei miei amici genoani di via San Bernardo e le spezie della drogheria Torielli. Le provviste scarseggiavano e ho riempito anche il freezer.»

«Nel caso scoppiasse una guerra?»

«O la rivoluzione: mai perdere la speranza.»

«Potrei assumerti come governante.»

«Dalle condizioni del tuo frigorifero, direi che faresti un ottimo affare.»

«Sono una donna impegnata e a volte mi manca il tempo per stare dietro a certe inezie.»

«Fare la spesa e cucinare non sono inezie: allungano la vita.»

Era uscita dallo studio intorno alle otto, dopo aver trascorso il pomeriggio in seduta con i suoi pazienti. Lo studio occupava un'ala della casa ed era composto dalla stanza per i colloqui, un vano attrezzato per le psicoterapie dei bambini, il bagno e la sala d'attesa. L'appartamento di Mara era una piazza d'armi, appollaiato all'ultimo piano sotto il tetto di un antico palazzo di piazza Invrea, a due passi dalla cattedrale di San Lorenzo. Insieme con la specializzazione a Londra, costituiva il più dispendioso dono dell'illustre avvocato Sabelli alla sua figlia prediletta.

La casa era troppo luminosa e accogliente per cavillare sui retroscena affettivi che avevano determinato quella munifica regalia. E poi, come si dice, a caval donato non si guarda in bocca. Per uno come me, figlio di operai, il valore di una casa si misurava con lo stesso metro con cui si contano gli anni di una vita, perché l'impegno necessario per acquisirla era un'intera esistenza di lavoro. Mara non la vedeva allo stesso modo.

La sua era stata un'infanzia tanto dorata quanto infelice. Quando frequentava la terza elementare e suo fratello Sandro la scuola materna, i densi nuvoloni che da tempo s'erano addensati sull'orizzonte della famiglia Sabelli avevano scatenato un uragano che nel giro di pochi mesi aveva sconvolto la vita di tutti, adulti e bambini.

I matrimoni non sono strutture in cemento armato, costruite su fondamenta antisismiche, con porte e infissi blindati, il che li renderebbe adatti quanto il caveau d'una banca a custodire oggetti molto preziosi, ma li trasformerebbe in luoghi insopportabilmente claustrofobici. Chi si rassegnerebbe a trascorrere la propria esistenza nella pancia d'un bunker? In realtà il matrimonio è una struttura leggera e aperta come la tela d'un ragno, un'architettura fragile composta di esili fili intrecciati nel tempo con infinita pazienza che costituiscono altrettanti sensori pronti a reagire al minimo stimolo esterno: per quelle sottili trame ogni sollecitazione può essere fonte di informazione e nutrimento, ma anche causa di lacerazioni devastanti.

Giuliano Sabelli e la moglie Lorena Grillo da anni avevano smarrito le ragioni profonde che li avevano spinti a sposarsi e mettere al mondo due figli. Nella villa di Albaro dove abitavano, illustre lascito del casato di lei, grandi stanze con gli alti soffitti affrescati abitate dal silenzio, capitava che si incrociassero senza più riconoscersi.

Lorena aveva cominciato a frequentare uno psicoanalista, poi uno psichiatra che le aveva prescritto un cocktail di farmaci ansiolitici e antidepressivi assunti senza rilevanti benefici fino al giorno in cui si accorse quanto la faceva star meglio un altro genere di cocktail: gin miscelato con vermut e bitter, rum con lime e zucchero, tequila e Cointreau e whisky con vermut e angostura. La scoperta fu scioccante e la consegnò al demone dell'alcol con voluttuosa rassegnazione.

L'avvocato, dal canto suo, aveva assunto una procuratrice che, a sentire le voci che circolavano a palazzo di giustizia, era un vero schianto, una bellezza da far girare la testa a qualunque uomo interessato all'altro sesso. La praticante aveva allora ventitré anni e il suo mentore più di cinquanta. È difficile stabilire chi tra i due fece più pratica, poiché in poco tempo il principe del foro sviluppò per lei la stessa dipendenza che sua moglie aveva contratto con la bottiglia. Ma di storie come questa è pieno il mondo, e diventa perfino stucchevole raccontarle.

Resta il fatto che l'avvocato Sabelli finì per mollare Mara e Sandrino con una madre così distratta da dimenticarseli ovunque li portasse. Per fortuna si era premunito e aveva garantito la presenza costante alla villa d'una *governante* – perciò mi fece una certa impressione sentirmi proporre quel ruolo – alla quale i ragazzi si affezionarono e con cui si adattarono a rimpiazzare la mamma che avevano perso per strada. Erano ormai alcuni anni che Mara impegnava una sera alla settimana per cenare non con i genitori, ma con Lavinia, la donna che si era presa cura di lei e del fratello quando intorno si era fatto il deserto.

Mara fu più fortunata, o forse più in gamba del fratello, e si impegnò negli studi. Conseguì la maturità scientifica, si laureò in psicologia e stava specializzandosi in psicoterapia infantile. Del resto, era la figlia preferita di papà. Correvano gli anni Ottanta, la piaga dell'eroina imperversava nelle strade e aspettava ragazzi col pedigree di Sandro Sabelli come le reti della tonnara aspettano i tonni.

Ne seguì un'interminabile via crucis e una catena di sensi di colpa. Sandro cominciò a rimbalzare tra un'overdose e una comunità terapeutica, Mara si riteneva corresponsabile delle sue ricadute e aveva l'impressione di non fare abbastanza per aiutarlo, lei che stava sempre dalla parte giusta della vita, il padre si sentiva colpevole per entrambi i figli e non lesinava finanziamenti alle cliniche private e alle comunità, la madre avvertiva il proprio fallimento su tutta la linea e tanto era il dolore che per dimenticare sprofondò sempre più nell'ottundimento alcolico.

Di fronte alla sofferenza di Mara, quella che sapeva far fruttare qualunque investimento, l'avvocato decise di provvedere senza fare economie. Con lei erano sempre soldi ben spesi. Finanziò la costosa specializzazione a Londra, acquistò il grande appartamento di piazza Invrea e glielo regalò, perché andasse a viverci e ci impiantasse il suo primo studio professionale. Mara accettò la generosa offerta con qualche iniziale titubanza, associando all'affetto che continuava a portargli e alla rabbia che nutriva verso di lui un sentimento strano, a strappi e urti, intermittente e spastico, che assomigliava alla gratitudine.

Uscì dalla stanza da letto con indosso una T-shirt bianca che le copriva a malapena il culo e con i piedi infilati nelle ciabatte infradito. Andò a sedersi a tavola, davanti al piatto fumante con tortino di acciughe e zucchine e versò il vino bianco gelato per entrambi. Quindi alzò il calice e mi invitò a brindare. «Alla tua giovane ucraina», disse.

«A Myra», risposi imitandola.

«Allora, l'hai trovata?» domandò dopo avere bevuto un sorso.

«Non ancora», risposi.

Mentre attaccavamo a mangiare le raccontai gli ultimi sviluppi dell'indagine: il colloquio col dottor Parisi e la delusione quando avevo appreso che il giorno fissato per l'interruzione della gravidanza non si sarebbe presentata.

Mi ascoltò con attenzione e domandò: «Cosa hai scoperto ad Arenzano?».

«Ad Arenzano?»

«Non avevi programmato di controllare se c'erano tracce di vomito sulla barca?»

«Sì, ma ho dovuto fare la spesa.»

Posò la forchetta sul piatto e cominciò a fissarmi con le sopracciglia aggrottate, senza dire una parola.

«Cosa c'è?» domandai.

«Hai *dovuto* fare la spesa?»

«Il frigo era vuoto.»

«E cos'altro?»

«Un'ora di corsa al parco del Peralto, una doccia bollente e mi sono messo ai fornelli.»

«Mi prendi per scema?»

«Ad Arenzano posso andarci domani.»

«Proprio tu, che al lavoro hai sacrificato il rapporto con tua figlia, ora dai la precedenza alle cazzate?»

Si riempì il calice di pigato e ne scolò mezzo bicchiere, quindi tirò un bel respiro e proseguì: «Ho ripensato alle cose che ci siamo detti questa mattina, e c'è qualcosa che non mi è chiaro».

Pausa.

«Tu sei stato ingaggiato da questo Bizzarro...»

«Pizarro.»

«...per ritrovargli la moglie. A quanto ho capito hai interrogato diverse persone che sono legate alla ragazza e che ti hanno raccontato i fatti suoi, addentrandosi anche in particolari intimi e delicati. Dico bene?»

«Dopo qualche tentennamento, lo hanno fatto.»

«Questo è il punto: possibile che non si siano fatte scrupolo di spiattellare i segreti di una persona cara a un estraneo che, per giunta, lavora al servizio del marito? Dopotutto la bella ucraina se n'è andata e lo ha mollato, e potrebbe non gradire che la sua vita venga messa in piazza.»

«Ci ho pensato anch'io.»

«Ci avrai pensato, ma non te n'è fregato un cazzo. Una persona adulta sarà libera di compiere le sue scelte, oppure nel momento in cui scompare perde tutti i diritti e chiunque può scorrazzare nella sua vita come se fosse terra di nessuno?»

«Quando qualcuno sparisce così, senza lasciare una spiegazione, suscita un comprensibile allarme. Le persone che hai citato hanno parlato spinte dalla preoccupazione.»

«Quale preoccupazione?»

«Che le sia successo qualcosa.»
«Tipo?»
Mi strinsi nelle spalle e versai il vino. Non intendevo darle la soddisfazione di pronunciare *quella* parola.
«Che sia *morta*?» insistette.
Ora cominciavo a capire dove voleva arrivare. Trangugiai un lungo sorso e feci schioccare la lingua. Era un pigato superiore della valle Arroscia, acido al punto giusto, asciutto e con un delizioso retrogusto di pompelmo, arancio e zagara.
Non si arrese e, con una determinazione che rasentava la ferocia, continuò: «E scommetto che l'idea gliel'hai servita tu su un piatto d'argento. Perché era la leva giusta per far crollare le loro resistenze».
«In parte è vero», ammisi sbuffando. «Ma ancora non ho capito cosa non ti è chiaro.»
«Se sei riuscito a convincerli, se ti hanno parlato della ragazza per il timore che sia morta, perché ora scappi, Bacci?»
«Io non scappo.»
«Ah, no? Allora spiega perché non sei andato ad Arenzano.»
«Non c'è niente laggiù che possa aiutarmi a trovarla.»
«Dovevi verificare se ha vomitato o no.»
«Ha vomitato di sicuro: è incinta. E poi il mio cliente lo ha confermato.»
«Ti ha già mentito due volte, potrebbe avere mentito ancora.»
«A quale scopo?»
«Sei tu l'investigatore, io faccio la psicologa.»
Ecco di nuovo affacciarsi l'immagine della zanzara nella goccia d'ambra. Un animale mineralizzato che non può muoversi e raggiungere la barca dove si è consumata la fuga di Myra. Un fossile mentale che non riesce neanche a concatenare le idee e attribuire un significato alle sensazioni e ai sentimenti che prova.
«Non si può tradire la fiducia del cliente», mi scappò detto.
«Che significa?»
«Un conto è fargli rilevare che ha conosciuto la moglie al Gardenia e non in un bar vicino all'università, oppure contestare l'affermazione che lei patisca il mal di mare. Sono dettagli marginali, circostanze di scarsa importanza. Un'altra storia

è rigettare in blocco la sua versione dei fatti. Se lo facessi, sarei costretto a rimettere l'incarico.»

«E se fosse tutto collegato?»

«Intendi dire che avrebbe mentito con uno scopo?»

«Ti sembra così inverosimile?»

«Ma perché inventarsi la storia del mal di mare?»

«Forse per tacere il fatto che la moglie aveva vomitato in maniera estemporanea.»

«A che pro?»

«Scusa, chi è che vomita al mattino, se non le donne incinte?»

«Quindi, secondo te, lui sapeva.»

«È possibile.»

In effetti il dottor Parisi mi aveva riferito di avere prescritto a Myra un'ecografia e gli esami del sangue. Nella sua agenda quelle ricette non c'erano. Probabilmente le aveva portate con sé e conservate nella borsa. E se Pizarro le avesse trovate e avesse scoperto tutto?

Qualcosa le passò per la testa e le sfuggì un sorriso, un'idea improvvisa che aveva una gran voglia di comunicarmi. Contemplò il piatto vuoto, passò il tovagliolo sulle labbra e si alzò in piedi.

«Dammi un momento», disse.

Uscì dalla cucina e si dileguò nel labirintico ventre dell'appartamento, lasciando sospesa nell'aria una nuvola del suo profumo.

Dopo qualche minuto, tornò reggendo tra le mani un libro con la copertina consunta. «L'ho trovato», esultò, e aggiunse: «Fossi in te, lo leggerei da cima a fondo».

Era *Sud e magia* di Ernesto de Martino, uno studio pubblicato alla fine degli anni Cinquanta sulla persistenza di rituali ispirati al pensiero magico nell'Italia meridionale. Lo avevo letto quando ero in carcere e lo ricordavo bene.

«A cosa mi serve un saggio di antropologia culturale?» domandai.

«Dovresti studiare i capitoli sulla fascinazione e sui cerimoniali apotropaici, in uso per tenere lontana la minaccia del male. Così magari ti decidi a muovere il culo e vai a fare il tuo lavoro.»

La condizione della zanzara fossile lei la chiamava *fascinazione.*

Cominciai a sfogliarlo e l'occhio cadde su un passo che si attagliava perfettamente alla mia condizione:

> ...la magia non ha propriamente per oggetto, come la tecnica profana, la soppressione di questo o quel negativo, ma la protezione della presenza dai rischi della crisi esistenziale di fronte alle manifestazioni del negativo.

Lo lessi ad alta voce. Mara ascoltò e il suo volto si aprì a un sorriso luminoso, liberatorio.

«Finalmente hai capito?» disse.

Non risposi, ma appuntai lo sguardo nelle grandi pozze profonde dei suoi occhi.

«Sai cosa mi ha attratto di te quando ci siamo conosciuti?» dissi.

«Le tette?»

«La tua intelligenza.»

«Ma se quella sera non abbiamo nemmeno parlato. Tu ti sei innamorato delle mie tette.»

«Semmai dei tuoi occhi.»

«Dei miei occhi e delle mie tette.»

Mara era fatta così.

Prendere o lasciare.

Anche se questa volta la ragione era tutta dalla sua parte e qualcosa nello scantinato dell'anima mi diceva che non c'era altro tempo da perdere.

Dovevo decidermi a montare sulla Vespa e fare un sopralluogo al porticciolo di Arenzano.

16.

A RENSÉN

Un sole malaticcio, velato da un sudario di nuvole grigie, scintillava sul mare color selce appena increspato dallo scirocco. Ancora una volta avevo inforcato il PX e mi ero spinto nel profondo ponente, smanioso di farmi del male tuffandomi nel gorgo fradicio della memoria, una memoria desolata pronta a farsi ingoiare dal buio e dal silenzio che ammantavano il futuro.

Ancora gli scheletri delle fabbriche dismesse, il triste carosello delle auto e dei camion e l'aria impregnata dai miasmi dei tubi di scarico; superato il salotto piccolo borghese di Pegli, mi sono venuti incontro gli intonaci scrostati delle case di Prà che guardano a un orizzonte dove il mare è scomparso per fare posto a mastodonti d'acciaio, le ciclopiche gru per la movimentazione dei container che hanno moltiplicato per mille la produttività del lavoro e ridotto all'osso il numero dei portuali.

Attraversata Voltri, l'ultimo baluardo prima che la dimensione urbana ceda il passo al sortilegio della riviera più proletaria del mondo, ancora i ricordi ad azzannarmi alla gola. La memoria felice d'una infanzia circonfusa da un alone di modesto benessere, gelosamente presidiato dalla coscienza viva della miseria e della fame patite dalla generazione che mi aveva preceduto, quella che aveva conosciuto il razionamento alimentare, le tessere annonarie e la ferocia degli aguzzini in uniforme grigioverde e camicia nera.

Sul rettilineo incrociai l'edificio ocra della stazione di Vesima, quasi una casetta da trenino giocattolo, dove scendevamo con il nonno Baciccia armati di canne da pesca, un secchio di plastica e un barattolo pieno di gamberetti da usare come esca. Nello zaino del nonno, la borraccia con l'acqua fresca, due panini con la mortadella e due banane. Avevo forse quattro o cinque anni e su quel greto sassoso riuscivo a entusiasmarmi a ogni tremolio del sottile cimello della canna. Le boghe sono pesci diffidenti, prima di mordere l'esca annusano, tastano, piluccano. Certe giornate era cappotto e ce ne tornavamo a casa con il mastello vuoto, ma a volte la fortuna ci arrideva e la sera si mangiavano *bôghe frîte*, frittura di pesce fresco per tutti. Le assaggiava anche mia madre, e al nonno che le chiedeva se erano buone, piuttosto che dargli soddisfazione, rispondeva: «*Pocæ, o l'è tùtto ûn sùssa e spùa*», padre, è tutto un succhia e sputa. A me quella risposta faceva venire il nervoso, mi sembrava una inutile crudeltà verso il nonno, ma devo riconoscere che la mamma non aveva tutti i torti: le boghe sono il pesce più liscoso che esista.

La Vespa procedeva lenta lungo l'Aurelia e il tossicchiare del motore giocava con il rumore del mare, un ritmico sciaguattare dell'onda contro gli scogli. Il vento scarruffava le cime dei canneti sul bordo della strada e a tratti l'aria si impregnava dell'aroma dolce del gelsomino, zaffate così cariche da invadere l'olfatto e coprire l'odore acre del salmastro.

A *Rensén*, come i genovesi chiamano Arenzano, il porticciolo turistico era quasi deserto. Avevo posteggiato la Vespa alla fine della passeggiata e mi ero avventurato a piedi sul molo alla ricerca della barca a vela del mio cliente, il luogo dove Myra aveva trascorso l'ultima notte prima di scomparire. Non avevo mai domandato a Pizarro come si chiamasse la sua barca, ma sapevo che era attraccata vicino a un vecchio gozzo da pesca, il *Coriandolo*. Se la fortuna mi assisteva, magari ci trovavo anche il proprietario, quel Gioanìn che aveva scattato la fotografia a colori in cui i due piccioncini sorridevano innamorati e felici, fingendo di navigare in alto mare.

Lanciai un'occhiata all'orologio, erano le dieci passate e alcuni pescatori già rientrati in porto stavano lavorando sulle loro imbarcazioni: qualcuno sistemava reti e ceste, altri facevano pulizia spruzzando acqua dolce da lunghi tubi di gomma. In lontananza, sulla banchina di levante, vidi un uomo trafficare su un barcone con la chiglia di legno tinteggiata d'una vistosa vernice blu elettrico. Di lato al braccio del timone era fissato un grosso verricello salpareti. Era un gozzo ormeggiato di poppa, con la prua rivolta verso i monti, affiancato a una grande barca a vela dallo scafo bianco e compatto.

Mi avvicinai a passo veloce finché non raggiunsi un punto del molo da cui potevo leggerne il nome: era il *Coriandolo*, e l'uomo che si muoveva a bordo con la disinvoltura d'un ballerino professionista doveva essere lui, il pescatore chiamato Gioanìn.

La barca a vela che lo affiancava superava i dodici metri di lunghezza; aveva un solo albero che svettava tra i più alti del porto, la grande ruota del timone era di metallo lucido, la coperta rivestita di legno di teak e a poppa sventolava una grande bandiera tricolore. Non c'era dubbio che il proprietario fosse fiero di sentirsi un patriota. Sullo scafo campeggiava una scritta: *Bollezzûmme*, termine che indica una particolare condizione del mare e dello spirito, entrambi mossi e irrequieti, e più sotto, in dialetto, era indicato il porto di appartenenza: *Rensén*, Arenzano.

Il pescatore era un uomo sulla sessantina, emaciato e calvo, portava una logora maglietta nera, una salopette di jeans larga e bisunta e un paio di stivali di gomma. Man mano che mi accostavo notai il volto squadrato, gli zigomi sporgenti e la barba incolta di qualche giorno. La pelle del volto e delle braccia era ruvida, cotta dal sole e aveva il colore e la consistenza del cuoio.

Mi fermai sul molo a pochi metri da lui, ma era troppo indaffarato intorno al verricello per prestarmi attenzione; armeggiava con una grossa chiave inglese, cercando di stringere un dado.

«Buongiorno», dissi quasi gridando.

Aveva le mani unte di grasso e per detergersi il sudore passò l'avambraccio sulla fronte e sul volto. Sollevò la testa e mi lanciò un'occhiata che sembrava costargli una certa fatica. Aveva occhi piccoli e azzurri che in quel viso scuro lucevano come due zaffiri.

«*Mîga guai*», mica tanto, rispose in dialetto. «*O saiéiva bón se quest'anghæzo o no l'andesse a-a belin de càn*», sarebbe un buon giorno se questo arnese girasse come si deve.

«Stamattina è uscito in mare?»

«Cosa esco a fare se non posso buttare la rete?»

Finì di stringere il dado e si spostò verso il quadro comandi.

«Vediamo se funziona», disse. E avviò il motore.

Dopo qualche colpo a vuoto, il diesel attaccò a borbottare e i fori di scarico della chiglia cominciarono a sputare acqua. L'uomo tornò al rullo salpareti, impugnò la leva dell'ingranaggio e la abbassò. Il verricello scattò con un colpo secco e cominciò a girare. L'uomo spostò ancora la leva e la ruota prese a muoversi in senso contrario.

Il volto del pescatore si illuminò.

«*Òua che ghe semmo: ghe l'ho fæta*», ora che ci siamo, ce l'ho fatta, disse trionfante.

La riparazione del verricello giocava a mio favore. Ora che l'assillo che lo angustiava era venuto meno, il suo umore era girato al bello e sarebbe stato più facile ottenere qualche informazione. Dalla tasca del giubbotto estrassi la fotografia, mi accovacciai e la allungai fino a pochi centimetri dal suo naso. Strinse le palpebre e la scrutò, poi stirò un mezzo sorriso e annuì con la testa. Li aveva riconosciuti.

«L'ha scattata lei?» domandai.

«L'anno scorso, era marzo, o forse aprile», confermò.

Si mise in ginocchio, si sporse dalla murata e immerse le mani nell'acqua, sfregandole l'una contro l'altra per ripulirle dal grasso. Quindi si raddrizzò e le asciugò con uno straccio lercio.

«Come l'avete avuta?» chiese.

«Me l'ha data Pizarro.»

«Siete parenti?»

«Sono il suo testimone di nozze», mentii.

«*L'òmmo o l'è inamoòu comme ûn loâso*», quell'uomo è innamorato come un branzino, commentò. «*E a figgetta a l'è zoêna e pinn-a de vitta*», e la ragazza è giovane e piena di vita.

Un quadro perfetto della coppia così come mi era stata raccontata fino a quel momento.

«È da tanto che non li vede?» domandai.

«Lei non viene dall'estate scorsa. D'inverno non va volentieri in barca, il freddo non le piace: deve averne preso troppo al suo paese. Lui sabato è uscito in mare: stavo andando a casa e l'ho visto rientrare verso l'una e mezza.»

«Non erano insieme?»

«Lei non c'era.»

«Pizarro mi ha detto che non si sentiva bene, forse era in cabina.»

«Allora doveva stare proprio male, perché la manovra di attracco se l'è fatta tutta da solo.»

«Però il pomeriggio, quando è andato a fare la spesa, lei è salita in coperta a prendere il sole.»

Scosse energicamente la testa. «Nossignore. Il pomeriggio sono passato verso le quattro per smontare quel maledetto dado. Mi sono fermato venti minuti, al massimo mezz'ora. Pizarro non c'era, ma non c'era nemmeno sua moglie. La barca era chiusa dall'esterno col lucchetto.»

«Quindi non vi siete parlati.»

«Quando è rientrato non mi ha nemmeno visto. Stavo laggiù, a raccontarla con un amico, e lui era troppo preso a manovrare la barca.»

Le previsioni più nere, quelle che avevo cercato in ogni modo di eludere, si stavano rivelando azzeccate. Avvertii un leggero capogiro, e un crampo allo stomaco mi costrinse a piegarmi in avanti.

Gioanìn lasciò cadere lo straccio sul fondo della barca, arrestò il salpareti e spense il motore.

«Qualcosa non va?» domandò.

«Non è niente», lo tranquillizzai. «Sabato siete venuto per lavorare al verricello?»

«Sì, ma non ho combinato un belino.»

«A che ora siete arrivato?»

«Saranno state le otto e mezza.»

«E il *Bollezzûmme* era attraccato al molo?»

«*Manco pe ninte: o l'ëa za sciortïo*», niente affatto, era già uscito.

Ancora una volta Pizarro mi aveva mentito: la navigazione era durata molto più a lungo di quanto mi aveva raccontato.

«E domenica? Siete venuto anche domenica?»

«Domenica non si lavora», rispose con un ghigno. E saltò sul molo con l'agilità di un gatto selvatico.

Quando mi fu al fianco si fece serio e prese a scrutarmi di traverso. Nei suoi occhi cerulei si era acceso un lampo, non saprei dire se fosse curiosità o diffidenza. Dalla tasca posteriore dei jeans estrasse un berretto rosso con la visiera e se lo ficcò sulla testa.

«Perché mi fate tutte queste domande? È successo qualcosa?» chiese.

«Forse», risposi. «Vi dispiace aspettare due minuti prima di andare via?»

Scrollò le spalle, lasciando intendere che non gli dispiaceva. Avevo stuzzicato il suo interesse.

Mi accostai alla barca a vela. Era abbastanza vicina al molo per saltarci sopra. Presi lo slancio e, facendo attenzione a non perdere l'equilibrio, atterrai sulla piattaforma di poppa, proprio sopra l'elica. Da qui passai nel pozzetto e per prima cosa andai a controllare i parabordi. Ne pendevano due su ciascuna murata. Quello più grande a dritta portava visibili tracce di un colorito marroncino che probabilmente era vomito; ce n'erano anche tutto intorno, sparse sulla chiglia. Erano incrostazioni recenti e dovevano risalire al sabato precedente. Qualche metro più avanti rispetto alla ruota del timone, di lato all'ingresso della cabina, la superficie del piano di calpestio mostrava una zona dove il legno era più scuro, come se fosse stato coperto e protetto dalle intemperie. Era un rettangolo di circa un metro e mezzo per un metro e venti, e con ogni probabilità in quel punto doveva esserci stato un grande gavone, il baule contenente le dotazioni di bordo.

Mi rivolsi a Gioanìn, che dal molo osservava ogni mio movimento.

«Qui c'era qualcosa», dissi.

«Il gavone di ferro dove tengono cime, tiranti, giubbotti salvagente e attrezzature di segnalazione», rispose.

«E dove è finito?»

«*Saveìlo*», va a saperlo, rispose. «È sempre stato lì, chiuso con un lucchetto come quello.»

Indicò la serratura dell'ingresso alla cabina.

«Quando è stato rimosso?» insistetti.

Inarcò le sopracciglia e infilò le mani nelle tasche. «Non è che passo il tempo a guardare nelle barche degli altri, ma non dev'essere da tanto.»

«Potrebbero averlo spostato all'interno?»

«Sì, ma non ha senso», rispose allargando le braccia. Fece una pausa e, passando a un tono più deciso, domandò: «Ma perché non glielo chiedete? Siete il suo testimone di nozze, no?».

Non aveva l'aria dello stupido e doveva avere intuito da principio che la mia era una balla, ma il buonumore subentrato alla riparazione del verricello lo aveva indotto a reggermi il gioco. Dopo aver tolto il berretto ed essersi passato la mano sul cranio, alzò lo sguardo verso un punto imprecisato a settentrione, dove il profilo dei monti si nascondeva dietro una cortina di nuvole, e chiese: «Sarete mica della polizia?».

Ancora una volta, come era accaduto con Paula, con Armando e col professor Cevasco, mi trovavo a muovermi sul sottile crinale fissato dall'etica professionale a garanzia del contratto con il cliente. Sapevo di avere valicato più volte quel limite – dichiarando il nome di Pizarro, rivolgendo domande che ne mettevano in dubbio la credibilità e arrivando a fornire a terzi notizie che lo riguardavano – e lui, ogni volta che lo avevo messo al corrente di quegli strappi, mi aveva ricambiato con giustificati segni di insofferenza. Ma questa volta era diverso. *Molto* diverso. Lo strappo diventava irrimediabile perché non stavo violando una regola: ero sul punto di stracciare il contratto.

Decisi di scoprire le carte e risposi: «Sono un investigatore privato. Mi chiamo Bacci Pagano».

Gioanìn se ne stava sul molo con le mani sui fianchi e aspettava. Sulla faccia gli girava un'espressione ambigua, bislacca combinazione di sorriso sornione e sguardo attento e preoccupato.

«Sono venuto per la *figgetta*. È scomparsa domenica mattina e da allora non si hanno più sue notizie.»

«*O belìn che lòu*», un brutto affare, sbottò. «Ma siete sicuro che sia scomparsa domenica mattina? Perché vi ripeto che sabato nessuno l'ha vista.»

«Sul parabordo ci sono tracce di vomito. Pizarro mi ha detto che durante la navigazione il mare si è alzato e ha cacciato l'anima: perciò sono rientrati così presto.»

«Sì, nell'ora si è alzato lo scirocco», confermò.

Tornai sulla piattaforma di poppa e con un salto rimontai sul molo. Da lì era ben visibile la murata a dritta, la stessa dove Myra aveva vomitato. La vernice della chiglia era scrostata, come se fosse stata sfregata con qualcosa di pesante e ruvido. Tipo un gavone di ferro calato maldestramente in mare.

Raggiunsi Gioanìn e lo invitai a seguirmi al bar.

«Mi è venuta sete. Vi andrebbe un bianco amaro?»

«A quest'ora? Non è un po' presto?»

«Bisogna festeggiare la riparazione del verricello.»

«*Scì bén, alôa anemmo*», allora andiamo, acconsentì.

Mentre camminavamo affiancati in direzione dell'uscita del porticciolo, dissi: «Pizarro mi ha riferito che il venerdì prima che la moglie scomparisse è venuto a sistemare la barca».

«Aveva poco da sistemare, in questo periodo viene quasi tutti i giorni e la barca è a posto. A quello lì le palanche non gli mancano, non ha bisogno di lavorare. Campa mica di rendita?»

«In un certo senso: ha una società di consulenza finanziaria e guadagna speculando in borsa.»

«Beato lui», commentò scatarrando. «Piove sempre sul bagnato: i soldi chiamano soldi, e la miseria miseria.»

Dopo aver pronunciato questa sentenza definitiva rimase in silenzio, pensieroso, con le mani congiunte dietro la schiena, finché ci lasciammo alle spalle i moli e le imbarcazioni e raggiungemmo la via Aurelia. Allora distese il braccio, indicando genericamente la direzione di levante, e disse: «Il bar è laggiù». Quindi, con l'aria di sputare un boccone che aveva rimasticato a lungo, aggiunse: «Quel venerdì non è venuto per preparare la barca, ma ha portato un ombrellone».

«Un ombrellone?»

«Sì, lo ha scaricato dal bagagliaio della macchina e se l'è *camallato* fin sulla barca. Un vecchio ombrellone di quelli con la base di cemento: doveva pesare almeno quaranta chili e per trasbordarla ha fatto una fatica bestia. Gli ho chiesto a cosa gli servisse e mi ha spiegato che sarebbe venuto a ritirarlo un amico. Mi è suonato strano, ma non ho approfondito. Non erano mica affari miei.»

«Perché vi è sembrato strano?»

«Da quando lo conosco non ho mai visto nessun amico, solo lui e la *figgetta.*»

«Sulla barca non c'è traccia di ombrelloni, e nemmeno del blocco di cemento. A meno che non li abbia sistemati sottocoperta.»

«Pe no pigiâ o sô in cabinn-a?» Per ripararsi dal sole in cabina?

«Allora lo avrà consegnato nei giorni successivi.»

«Non vedo altra spiegazione», concluse quando avevamo ormai raggiunto il bar.

Era uno di quei caffè sulla passeggiata a mare con i tavolini di metallo distribuiti all'esterno, sotto le palme. A quell'ora c'erano pochi avventori, per lo più stranieri che consumavano la prima colazione.

In realtà il vecchio Gioanìn la vedeva, eccome, un'altra spiegazione. E la vedevo anch'io, scolpita come un epitaffio sulla pietra tombale dove ogni speranza si rivelava infine per quello che era, una patetica illusione, una miserabile bugia alla quale mi ero aggrappato con le unghie e coi denti, perché la verità faceva troppo male e non c'era abbastanza spazio nella mia testa, nella mia vita e nella mia anima per contenerla.

Myra era giovane e bella e il suo sguardo, come un faro nella notte, rischiarava la possibilità di un domani.

«Studia il passato per aprire una strada al futuro», aveva detto Mara.

E aveva ragione.

Aveva anche ragione a ricordarmi che stavo scappando.

Dalla paura del futuro. E della morte.

Irresistibilmente.

17.
IL SARCOFAGO

Aveva girato il vento. Nella notte era montata beffarda la tramontana e aveva spazzato il cielo dalle nuvole e restituito al mondo i suoi colori più sgargianti. Sulle case e sul mare una luce violenta grondava come rugiada incandescente ed evocava il richiamo selvaggio della vita, quando rompe gli argini e accelera i battiti del cuore.

Talvolta la natura, nella sua olimpica indifferenza verso le vicende umane, è capace di una torva, spietata ironia.

Guardavo la cresta del monte Beigua stagliarsi contro un cielo azzurro, lucido come smalto. Le case di Arenzano si allontanavano rapidamente alla vista, come fossero minuscoli pezzi di Lego sparsi sotto il verde acceso della montagna.

Le raffiche soffiavano rabbiose e, nonostante due mani di terzaroli, la randa gonfiata dal vento faceva scivolare veloce lo scafo sul pelo dell'acqua. Il sibilo incessante della tramontana si accompagnava allo sciaguattare dell'onda e al cigolio delle sartie e della scotta in tensione. Faceva impressione vedere come la chiglia massiccia e panciuta del *Bollezzûmme* perdesse peso e consistenza e quasi levitasse nell'abbraccio possente della natura. A poppa, la grande bandiera fremeva nell'aria: era un tricolore nautico, con lo stemma delle repubbliche marinare stampigliato sul campo bianco centrale.

Pizarro stava ritto al timone e governava la barca con la maestria d'uno skipper professionista. Io mi ero adeguato a servire da mozzo e, considerata la forza della tramontana, nella manovra per uscire dal porto avevo avuto il mio da fare. Ora stavo di fronte a lui, le spalle alla prua, seduto sul gavone nuovo, rivestito di vernice bianca che brillava al sole d'un candore accecante. Era sistemato di lato all'ingresso della cabina e aveva le stesse dimensioni di quello descritto dal vecchio Gioanìn.

I nostri sguardi spesso si incrociavano, ma potevamo solo intuirli con uno sforzo di immaginazione perché entrambi inforcavamo gli occhiali da sole. Parlavano però i nostri volti, il tono della voce e la rigidità dei nostri corpi.

Lo avevo chiamato il giorno precedente, appena rientrato a Genova, e gli avevo chiesto di incontrarci. Era stata la signora Origo a darmi il numero di telefono per raggiungerlo, spiegando che il dottore era fuori città. Aveva declinato l'invito spiegando che era impegnato e non poteva vedermi, ma mi aveva proposto di uscire in mare la mattina successiva. Avevo acconsentito: appuntamento domenica mattina alle nove sul molo dove era ormeggiato il *Bollezzûmme*.

Quando lo avevo informato della mia sortita ad Arenzano non aveva chiesto spiegazioni né fatto domande, come se la faccenda non lo riguardasse.

Eravamo ormai a due miglia dalla costa quando indicai il gavone e dissi: «È questo l'impegno che ieri le ha impedito di vedermi?».

«No», rispose con lo sguardo puntato sul filo dell'orizzonte. «Ero a Milano per lavoro e sono rientrato dopo mezzanotte; sono venuto direttamente qui senza passare da casa e ho dormito in barca. Il nuovo gavone lo hanno consegnato ieri, in mia assenza.»

Eravamo costretti a parlare a voce alta, quasi gridando, prima che le parole si disperdessero nella sconfinata distesa di aria e acqua che ci avvolgeva.

«Che fine ha fatto quello vecchio?»

«Era scrostato dalla salsedine e me ne sono sbarazzato.»

«Come?»

«Se glielo dico, promette che non mi denuncerà?» disse ridendo.

«Dipende.»

«Ci ho messo dentro un blocco di cemento e l'ho gettato in mare.»

«Un basamento da ombrellone?»

Sollevò gli occhiali sulla fronte e gli occhi virarono dalla rotta per cercare il mio sguardo, accesi dalla sorpresa e da una scintilla di disappunto.

«Come fa a saperlo?»

«Raccogliere informazioni è il mio lavoro», risposi. «Che fine ha fatto l'ombrellone?»

«È in cabina, vuole vederlo?» disse riposizionando gli occhiali scuri sul naso.

«Mi interesserebbe di più sapere dove ha calato il sarcofago.»

«Il sarcofago?» ripeté fingendo di non capire.

«Sì, il punto esatto in cui l'ha gettato in mare.»

«Mi dispiace, non ho registrato le coordinate GPS.»

«Ha fatto tutto da solo?»

«Myra stava troppo male, aveva appena dato di stomaco. Non ha controllato?» domandò indicando il parabordo.

«Ho visto tracce di vomito e anche scalfitture sulla vernice dello scafo: è da lì che ha calato il baule?»

Annuì e aggiunse: «Non le dico la faticaccia».

«Immagino. Un blocco di cemento da quaranta chili e un gavone di metallo che deve pesare un botto.»

«Può dirlo forte: almeno una ventina di chili.»

«Aggiungiamone altri cinquantacinque: in totale si è sollevato un cassone di oltre un quintale. Non la facevo così forzuto, dottor Pizarro.»

Aveva risposto alle mie domande in un crescendo di tensione, anche se la voce e i tratti del volto si sforzavano di conservare una parvenza di leggerezza. Ma la leggerezza era ormai evaporata, dispersa dalle raffiche della tramontana e dal tono velenoso delle mie parole.

«Vado in palestra da quando avevo diciotto anni», replicò, glissando.

Stava recitando la parte dell'ingenuo con la goffaggine d'un principiante.

«Ha accennato ad altri cinquantacinque chili. A cosa si riferisce?» domandò.

«Al corpo di Myra. A giudicare dalla fotografia, quello dovrebbe essere il suo peso, a cui va aggiunta una borsa piena di vestiti.»

Contrasse le mascelle, inscenando un'improvvisa indignazione come avrebbe potuto fare un guitto di quart'ordine.

«Sta forse insinuando...» ringhiò.

«La pianti di fare teatro», lo interruppi brusco. «Si metta a cantare: le riesce molto meglio.»

«Mi sta forse accusando di qualcosa?»

«La sto accusando di omicidio. Ha detto che sabato siete partiti da Arenzano verso le undici e siete rientrati in porto intorno alle due.»

«È così.»

«Balle, alle otto e mezza la barca era già uscita e quando siete tornati Myra non si è vista, tanto che lei ha fatto la manovra di attracco senza il suo aiuto.»

«Le ho spiegato che non si sentiva bene: era sdraiata in cabina.»

«Mi ha anche raccontato che nel pomeriggio è andato in paese a fare la spesa e l'ha lasciata in coperta che prendeva il sole: peccato che alle quattro la barca fosse deserta e l'ingresso chiuso dall'esterno con il lucchetto.»

«Sono rimasto fuori due ore, forse è andata a farsi un giro.»

«Come no: è scesa a terra e ha dimenticato di chiamare il professor Cevasco?»

«Certe informazioni le ha raccolte ieri mattina, quando è venuto ad Arenzano a mia insaputa?» domandò sempre più contrariato.

«Se fossi venuto prima, avrei risparmiato tempo e fatica. E avrei evitato di fornirle l'alibi di avermi assunto per ritrovare sua moglie. Perché è questa la ragione che l'ha spinta a cercarmi, mostrare al mondo che per lei Myra era viva, non è vero?»

Evitò di rispondere e domandò: «Con chi ha parlato?».

«Con Gioanìn, il suo vicino di barca. Sabato scorso è venuto al porto intorno alle otto e mezza per riparare il verricello del suo gozzo, e poi è tornato nel pomeriggio. Sa cosa le dico, dottor Pizarro? Il racconto che mi ha propinato fa acqua da tutte le parti. Se permette provo a illustrarle la mia ricostruzione dei fatti.»

Forzò un sorriso livido, carico di risentimento. Sui tratti del volto, alterati dall'esasperazione, il sole che splendeva alto da oriente sembrava uno scherzo della natura.

«Sentiamo», disse tenendo a freno la collera.

«Avete navigato circa cinque ore. Calcolando una media di cinque, sei nodi, la sua barca ha percorso almeno una trentina di miglia. Ha avuto tutto il tempo per allontanarsi abbastanza dalla costa, uccidere Myra, rinchiuderla nel gavone insieme ai suoi abiti e al blocco di cemento, in modo che colasse a picco e non riemergesse più, e ritornare in porto. Ho visionato una carta nautica: davanti ad Arenzano, a dieci miglia dal porto, il fondale raggiunge i mille metri di profondità. Nessuno troverà più quel sarcofago, e nemmeno il corpo di sua moglie.»

«Lei è dotato d'una fervida immaginazione, dottor Pagano.»

«Poteva mentire su dettagli meno decisivi, ma farlo sull'ora della partenza è stata una toppa imperdonabile, un errore che le costerà caro.»

«Mi sarò confuso», borbottò fra i denti.

«Comunque sia, non voglio sapere né come né dove l'ha ammazzata.»

«Bontà sua», borbottò ostinandosi a proseguire la sceneggiata.

«Però mi interessa conoscere il *perché*. Per quale ragione, dopo avere scoperto che aspettava un figlio, ha ucciso la donna che dice di amare?»

Mentre lo scafo filava sull'acqua come fosse un fuscello di paglia, Pizarro tornò a fissare l'orizzonte e di nuovo evitò di rispondere. Il suo viso adesso assomigliava a una maschera di pietra.

«Perché lei sapeva che Myra era incinta, vero?» insistetti.

«Sì», ammise, «frugando nella sua borsa avevo trovato una prescrizione di esami del sangue e una richiesta di ecografia.»

«E sapeva anche che il figlio era suo.»

Uno scatto quasi impercettibile della testa e della spalla, simile a un tic, mi fece sperare che stesse per accadere qualcosa. Invece trasse un respiro profondo e con un tono distaccato, quasi svagato, rispose: «Quel che sapevo era che lei non voleva figli».

«E tuttavia non usavate anticoncezionali.»

«Cercavamo di fare attenzione, specie nei periodi critici. Non era un problema, perché Myra ha un ciclo regolare come un orologio svizzero.»

«Ma qualcosa non ha funzionato.»

«Può capitare: sono gli scherzi dell'inconscio...» farfugliò abbozzando un mezzo sorriso ebete.

«Quale spiegazione si è dato del silenzio di sua moglie?»

Scrollò la testa e si avvinghiò alla ruota del timone, quasi temesse di perdere il filo, o la rotta.

«Era come tutto il resto», sussurrò sollevando lo sguardo fino al punto in cui la punta dell'albero si incuneava nell'azzurro vuoto del cielo.

Seguirono alcuni interminabili secondi di silenzio. Pizarro pareva un ingranaggio inceppato e non proseguiva, tanto che non riuscii a trattenermi e domandai: «Cosa intende dire?».

«Il tempo sbagliato», rispose. «L'idea di avere un figlio non le dispiaceva, ma per lei non era ancora il momento. Aveva lavorato sodo e voleva concludere il dottorato. L'articolo su Marziale aveva avuto una notevole risonanza e, nonostante fosse così giovane e appena laureata, aveva buone chance di carriera universitaria. Un figlio l'avrebbe allontanata dal lavoro per quasi un anno e questo le sarebbe costato caro.»

«Dunque ne avevate parlato.»

«Qualche volta, ma sempre in astratto, in generale», bofonchiò con un gesto evasivo della mano.

«In astratto e in generale», ripetei scimmiottandolo.

«Comprendevo le sue esigenze, ma su questo argomento non c'era sintonia fra noi», proseguì sempre più sussiegoso. «Per me la procreazione è la prima missione d'una coppia. Le persone si sposano non solo per appagare i propri bisogni, ma anche per dare continuità alla specie e un futuro al paese.»

«E tanti figli alla patria.»

«Di questi tempi non possiamo fare altro: l'età della ricostruzione è finita e non tornerà più. Il nostro compito è quello di garantire che la nostra identità non vada dispersa.»

«Di quale identità sta parlando?»

«Quella di italiani, orgogliosi di questa bandiera.»

Indicò il drappo che sbatteva nel vento alle sue spalle, fiero e teso allo spasimo.

«Le bandiere sono come i maggiordomi: servono i loro signori senza farsi domande.»

«Non la seguo.»

«Quello stendardo ha sventolato in troppi posti sbagliati: dietro cannoni e fucili puntati sulla povera gente.»

«Sventolava anche nelle mani di Garibaldi.»

«È vero, è stato conteso da troppe cause per essere sufficientemente igienico da fasciarci un neonato. Meglio impiegarlo per avvolgere le bare ai funerali di stato.»

«Il suo spirito antipatriottico è aberrante.»

«A me interessa Myra e la sua decisione di abortire, quello che mi anima è uno spirito "matriottico".»

Non ribatté e si limitò a rivolgermi una smorfia di disgusto.

Allora cambiai tono e domandai serio: «È sicuro di quello che dice?».

Rimase in attesa e non rispose.

«Perché non la bevo», insistetti.

Sussultò come se l'avessi colpito con uno schiaffo, mentre una raffica improvvisa, più forte delle altre, fece oscillare la randa, e la barca prese a rollare paurosamente. Mi aggrappai forte al gavone e proseguii: «Vuole farmi credere che ha deciso di ucciderla senza sapere che aveva deciso di abortire?».

«Se anche l'avessi saputo, cosa cambierebbe?»

«Dal punto di vista dei giudici, niente. Si tratta comunque di omicidio volontario premeditato: aveva pianificato di sopprimerla e si è procurato un blocco di cemento per essere sicuro che il gavone colasse a picco e il cadavere sparisse per sempre. Ma io non sono un giudice...»

«Lei è un investigatore privato e lavora per me», mi interruppe. «Non dimentichi che abbiamo sottoscritto un contratto che la vincola al segreto professionale.»

«Non dica fesserie, nessun contratto può obbligarmi a diventare complice d'un assassino.»

«Dunque intende denunciarmi?»

«Non prima di avere capito cosa è successo.»

Si sforzò di sorridere, ma gli uscì un ghigno che esprimeva più smarrimento che buonumore.

«Cosa sarà mai successo? Ho sposato la donna sbagliata, ecco tutto.»

«Perché l'ha uccisa?»

«Chi ha detto che l'ho uccisa?»

«Ci sono elementi sufficienti per farla condannare a trent'anni di galera.»

«Lei crede? Mancano il movente e il corpo del reato: se Myra è morta, dov'è il cadavere? E perché avrei dovuto assassinarla, dal momento che la amo e mi è sempre stata fedele?»

Si credeva convincente e invece era patetico.

«Lei non fa che accampare vaghi sospetti, caro Pagano, indizi che un buon avvocato smonterebbe con poche battute. L'ora della partenza dal porto, il fatto che il buon Gioanìn non l'abbia vista al nostro ritorno, la barca chiusa e deserta nel pomeriggio: tutti dettagli che possono significare tante cose. Quanto al fatto che è rimasta incinta e non me ne ha parlato, purtroppo è la verità. Forse non voleva avere un figlio, forse intendeva abortire e per questo ha preso le sue cose ed è scappata come una ladra. Ma cosa c'entra questo con un'accusa di omicidio?»

Sembrava aver recuperato lucidità e si era fatto baldanzoso. Il governo della barca, che conduceva saldo al timone, giocava a suo favore e gli restituiva un senso di forza e sicurezza. Aveva assunto un'aria sprezzante: gli avevo comunicato l'intenzione di recidere il contratto e questo ai suoi occhi era un tradimento che mi rendeva indegno della sua considerazione.

Ma la sua tracotanza non faceva che accrescere la mia rabbia.

«Non sia ridicolo», dissi. «Si sta comportando come se fosse in tribunale davanti a un giudice di corte d'assise. Le ho già spiegato che non è quello il mio ruolo.»

«Mi piacerebbe sapere qual è il suo ruolo.»

«Scoprire che fine ha fatto sua moglie. E quello che ho scoperto è terribile, anche se lei continua a nascondersi dietro una montagna di balle per dissimulare la verità.»

«Sa qual è la verità, Pagano? Tra noi due è lei che sta bluffando per occultare il proprio fallimento professionale: non è riuscito a trovare Myra e con ogni probabilità dispera di riuscirci in futuro. Così approfitta del fatto che ho sostituito un vecchio gavone per costruirsi un alibi e inventarsi la fantasiosa storia del sarcofago deposto in fondo al mare.»

Spinti dal vento eravamo ormai fuori una decina di miglia. *Rensén* era poco più che un puntino bianco sospeso sul blu scuro del mare, su cui le montagne incombevano come un destino minaccioso. Realizzai che stavamo navigando abbastanza lontani dalla costa e sotto di noi doveva aprirsi l'abisso. Il gavone che custodiva il corpo di Myra, insieme alla sua giovinezza e ai sogni con cui aveva impegnato un futuro brutalmente interrotto, era adagiato laggiù, come una promessa disattesa o un segreto irraggiungibile. Avvertivo il battito del cuore accelerare, la collera crescere e impadronirsi dei miei muscoli fino a spingermi a una reazione violenta. Avrei voluto afferrare Pizarro per il bavero, strapparlo alla ruota del timone e rovesciarlo oltre la murata. Tenerlo per le gambe con il corpo immerso nell'acqua mentre la barca continuava la sua corsa verso il largo, finché non si fosse deciso a confessare.

Fu con questo stato d'animo che, stringendo i pugni, gli urlai: «La pianti di fare il buffone e risponda alla mia domanda!».

«Quale domanda?»

«Quel sabato mattina, in barca, avete parlato della gravidanza?»

«Può darsi», borbottò ostentando un distacco che alle mie orecchie suonava come un'offesa alla memoria di Myra.

«Quindi le avrà domandato perché gliel'ha tenuta segreta.»

«Mi sembra di averle già risposto.»

«Ha detto di avere sposato la donna sbagliata.»

«Se così non fosse, non mi avrebbe lasciato, non crede?»

Il suo *presumìn*, quell'aria arrogante che faceva terra bruciata di ogni sentimento, a cominciare dal proprio dolore per averla perduta, mi irritò al punto da prendere una decisione drastica: dovevo fargli male, mettere a nudo la meschinità che lo teneva al riparo dal lutto e dall'orrore. Se lo meritava.

«Povero piccolo uomo», dissi con la voce che grattava come l'unghia su una lavagna. «Sa cosa penso, Pizarro? Che non l'ha mai avuta.»

«Come prego?»

«Myra non sapeva che farsene di uno come lei. Ho letto l'articolo su Marziale: l'intelligenza di sua moglie era così luminosa da oscurare tutte le balle sull'identità, le bandiere e i suoi anni Cinquanta del cazzo. Per spianare la strada al futuro Myra non aveva bisogno di fare figli, e nemmeno di agitare retoriche patriottarde. Conosceva qualcosa che lei nemmeno riesce a immaginare: la libertà, quella vera, che può essere tollerata solo da coloro che la sanno comprendere. Mentre lei si trastullava a sognare quello che avrebbe voluto essere e non è stato, sua moglie affrontava la vita senza la zavorra della colpa, con la leggerezza e lo stupore divertito d'un bambino. Lei è un piccolo uomo che si vergogna di quello che è e guarda indietro illudendosi di estinguere i debiti accumulati dalla nostra generazione con la storia, mentre Myra dava l'assalto al cielo. Ma questo, Pizarro, lei non può capirlo: ha raccontato a sé stesso che Myra aveva deciso di abortire per fare carriera, ma in realtà sa bene che la ragione era un'altra.»

«Sentiamo», ribatté atteggiandosi a grand'uomo.

«Myra non voleva dividere un figlio con lei, perché questo avrebbe comportato mettere un pezzo del proprio futuro nelle sue mani.»

«Allora perché mi ha sposato? Per i miei soldi?»

«Vede quanto è meschino? L'ha sposata perché non la conosceva abbastanza. A lei non è mai capitato di sbagliarsi?»

«Crede di cavarsi d'impiccio così, insultandomi?»

«Ringrazi che non l'ho scaraventata in mare. Lei è un assassino e stia certo che la denuncerò per omicidio.»

«In questo caso, dovrà restituirmi i soldi.»

«Non sarei obbligato a farlo, perché ho svolto il mio lavoro fino in fondo; ma sì, strapperò il suo assegno e il contratto, perché non voglio avere più niente a che fare con lei.»

«Dunque non ci rivedremo più?»

«Altroché: ci rivedremo in tribunale.»

18.

IL CANTO DELLA SIRENA

A mezzogiorno la Vespa correva spedita sull'Aurelia in direzione di Genova, mentre una lunga fila di auto procedeva lenta sulla carreggiata opposta: erano i gitanti della domenica, che il vento e il sole avevano spinto fuori di casa, verso un sogno rivierasco fatto di palme inondate di luce, spiagge con stabilimenti balneari in allestimento, ristoranti da tutto esaurito e, per i più poveri, passeggiata gratis sul lungomare addolcita da un cono gelato da millecinquecento lire.

Con il mio cliente non avevamo più niente da dirci e per entrambi la prossimità a cui ci obbligava la permanenza sulla barca a vela era diventata insopportabile. Come amanti delusi uno dall'altro non vedevamo l'ora di rientrare in porto e, senza dircelo, eravamo grati al vento che continuava a soffiare da terra, in senso contrario alla nostra direzione di rotta, costringendoci a ignorarci per restare concentrati sulla manovra.

Durante il tragitto del rientro avevamo osservato un cupo silenzio. Pizarro aveva dismesso l'aria arrogante e sembrava quasi abituarsi all'idea d'essere reputato un assassino, una condizione con la quale avrebbe imparato a convivere come si fa con una menomazione fisica o un cattivo odore. Da parte mia, avevo cessato di fare domande e di provocarlo nella convinzione che, se anche lo avessi preso a pugni, non avrei cavato fuori alcuna nuova rivelazione

Una volta assicurato il *Bollezzûmme* all'ormeggio, cazzate le vele e fissate le cime alle bitte, il congedo si esaurì in poche battute. Pizarro era rimasto sulla barca e, sfilati gli occhiali scuri, mi aveva lanciato un'occhiata da cucciolone abbandonato e s'era limitato a dire: «Allora è proprio finita».

Ero ormai coi piedi ben saldi sul molo. Avevo annuito e, per rifuggire il rischio d'un attacco di inaccettabile compassione, gli avevo girato le spalle senza salutarlo e mi ero allontanato.

Mentre guidavo la Vespa, ormai in vista delle case di Crevari sparse sulla collina, dal rettilineo mi soffermai a osservare il mare spalancato sulla mia destra. Pettinata dalla tramontana, la sua immensa superficie turchese si increspava di miriadi di riccioli bianchi. Il pensiero mi aggredì a tradimento e mi procurò un dolore acuto al plesso solare. Il cuore mancò un battito e il respiro si fece all'improvviso corto, asmatico. L'idea che quella massa d'acqua in movimento avrebbe custodito per sempre il corpo senza vita di Myra era insopportabile.

Le ragioni che il mio cliente aveva accampato constavano di poche, sparute verità imbozzolate in un cumulo di stronzate. Avevo provato a tentarlo con una provocazione, sbattendogli sulla faccia il disprezzo di sua moglie, ma non aveva abboccato. Del resto, ero davvero convinto che Myra avesse scelto di abortire perché non voleva un figlio da lui.

La biondina che assomigliava alla reginetta dello yé-yé era destinata a rimanere un miraggio, per Carlo Pizarro come per tutti coloro che l'avevano desiderata e amata; la specialista in letteratura latina, spinta dai genitori a lasciare l'Ucraina e a coltivare gli studi in Italia, aveva consacrato la propria giovinezza a un passato così remoto da risultare difficile da immaginare e a una lingua morta che nessuno parlava, e li aveva fatti rivivere con lo splendore che irradiava dal suo lucido entusiasmo.

Perché a dispetto della durezza d'una esistenza che portava le ferite del comunismo in smobilitazione, e al di là della necessità di adattarsi a una condizione di sopravvivenza inguainata nel succinto costume da coniglietta di «Playboy», Myra era stata un'esplosione di luce, una girandola di suoni e colori, un distillato di vita allo stato puro. E forse era questo che il mio cliente non poteva tollerare, perché tutto in lui era grigio: grigi i sogni, e pesanti come il cemento armato e l'acciaio delle sue industrie del cazzo, perennemente offuscati dal fumo delle ciminiere e delle Lucky Strike; e grigia anche la ricchezza, che nasceva da una scommessa truccata con la storia e non generava lavoro né felicità per nessuno.

Forse scoprire che un aborto avrebbe cancellato il solo atto creativo della sua vita, il frutto condiviso con una donna la cui capacità generativa era inversamente proporzionale alla considerazione che nutriva per lui, aveva fatto precipitare la sua mente in un buio senza ritorno.

Se fossi stato pronto ad accettare l'idea della morte di Myra, l'avrei intuito subito. Dovevo capirlo quando, con fierezza alquanto naïf, Pizarro mi aveva spiegato che era stato lui a correggere le bozze della tesi della moglie, lui che aveva frequentato il liceo e padroneggiava la lingua e l'ortografia italiana, mentre la giovane ucraina se ne stava ancora impossessando. Aveva ammantato della sua prosa opaca le fantasmagoriche idee di Myra come si veste di abiti di cattivo gusto il corpo d'una donna bellissima, e ne andava fiero. Con lei sarebbe stato sempre così, sua moglie lo condannava a fare il figurante, il principe consorte, la pallida ombra d'una forza che non era solo intelligenza o tenacia o bellezza, ma tutte queste cose combinate in un insieme armonioso.

Pizarro invece era un concentrato di mediocrità, per il quale una donna come Myra era destinata a restare un traguardo irraggiungibile. All'Asso di Picche, prima della sceneggiata di cui si sarebbe scusato, Armando Mastrangelo aveva detto che lei sapeva cucinare, traduceva a braccio dal latino, parlava correntemente quattro lingue, suonava il pianoforte e si intendeva di arte contemporanea.

E il mio cliente, di cosa era capace?

Il bravo ragazzo cresciuto in periferia, il dottore in economia, non aveva saputo spremere dalla vita altro che i soldi: e li aveva sventolati per mesi, come fossero bandiere di segnalazione, nel disperato tentativo che la biondina del Gardenia si accorgesse della sua esistenza. Li aveva ostentati in tutte le forme: l'auto di lusso, una Mercedes SL Cabrio, in cui stava acquattato davanti al night club in attesa che lei arrivasse al lavoro, i vestiti griffati che cambiava di continuo e lo champagne Cristal da duecentomila lire la bottiglia che ordinava ogni sera, con la compiacenza interessata del signor Zerillo, per assicurarsi in esclusiva i servizi della sua amata.

Non poteva sapere, il povero ragazzo, che dietro il mito

erotico della sua adolescenza c'era una giovane donna dotata d'una insaziabile sete di conoscenza e d'una convinzione granitica nel perseguire i propri sogni. Le pacchiane esibizioni di opulenza dell'arricchito non facevano presa su Myra, perché lei era cresciuta in una famiglia che alla penuria di beni materiali d'un sistema in disfacimento aveva supplito accaparrandosi quanto quella società aveva invece garantito a gran parte della gente: istruzione, cultura, musica e arte.

E qui si era consumata la fregatura: perché se lei fosse rimasta abbagliata da lustrini e paillettes offerte dal capitalismo rampante, tutto sarebbe filato liscio e la vicenda avrebbe preso un'altra piega. Certo più banale, magari anche più sordida, ma senza finire in tragedia. Probabilmente lui l'avrebbe avuta senza sposarla, il suo sogno onanistico di ragazzo afflitto dai brufoli e dai sensi di colpa si sarebbe realizzato dissolvendo l'alone mitico di cui era circonfuso, lei avrebbe goduto per qualche tempo del privilegio di entrare a Disneyland dalla porta principale e, alla fine, ciascuno se ne sarebbe andato per la propria strada. Invece Pizarro, che era ingenuo ma non stupido, aveva oscuramente percepito il valore di quella donna e se ne era innamorato.

E questa era stata la loro rovina.

Mi dissi che aveva ragione Gegè, il moderno Tiresia che aveva rinunciato alle comodità della vita in cambio d'una bislacca ma profonda saggezza. La via dell'inferno non è lastricata di buone intenzioni più di quanto lo sia dei cattivi desideri che non abbiamo saputo o voluto riconoscere. Infatti, non era stato il nobile intento di redimere una ragazzina raccattata in un luogo di perdizione a spingere Pizarro a sposare Myra, ma l'ambizione misconosciuta di barattare le proprie fortune economiche con la sua ricchezza interiore, illudendosi così di riscattare il proprio senso di pochezza. Aveva scambiato questa inconfessabile ma legittima aspirazione con l'amore, e l'equivoco lo aveva fatto sentire in diritto di considerarsi una vittima, fino a ritenersi autorizzato a uccidere.

Ora il tesoro languiva laggiù, in fondo al mare, in un forziere di metallo serrato da un robusto lucchetto di acciaio inossidabile.

La luce vitale di Myra era spenta per sempre. Con la scintilla della sua intelligenza, l'incanto del suo fascino e la forza della sua determinazione. E chissà se nelle tranquille notti d'estate, quando la luna si rispecchia sulla superficie del mare, ascoltando la brezza che tira dal largo, a qualcuno toccherà la fortuna, o l'orrore, di percepire le note d'una melodia. La voce sottile, quasi infantile e teneramente disarmante, d'una sirena che canta sempre la stessa canzone:

Piano piano,
ma irresistibilmente
torno da te.
La mia vita
irresistibilmente
corre con te.

Arrivai in ufficio, il mio nuovo ufficio di stradone Sant'Agostino invaso dal sole e fragrante di vernice fresca, che era quasi l'una. Dal portapenne estrassi una chiave, aprii la cassaforte nascosta sotto il quadro con la foto di Che Guevara scattata da Alberto Corda e prelevai l'assegno di Pizarro e il contratto che avevamo sottoscritto il lunedì precedente. Da allora era trascorsa una settimana.

Li strappai con scrupolo certosino in minuscoli pezzetti che gettai nel cestino della rumenta.

Ora mi sentivo finalmente libero.

Avvertivo l'urgenza di dirlo a qualcuno, di telefonare a Mara e a Paula Pataki, di parlare con Ljudmila Sergeevna, la madre di Myra, con Armando Mastrangelo e con il professor Cevasco.

Avrei voluto raccontare che avevo sbagliato tutto dal principio, che la mia indagine era conclusa e non era finita bene.

Ma ora dovevo sbrigare un compito necessario che non poteva aspettare. Quello che avrebbe posto fine a un incarico che non avrei mai dovuto accettare.

Composi il numero e rispose la voce di un giovane uomo dal marcato accento siciliano.

«Questura di Genova, desidera?»

«Il commissario Pertusiello, sezione omicidi.»
«Attenda, prego.»
Mi mise in stand by e partì una musica.
Ma non era la sua canzone, non era *Irresistibilmente.*

RINGRAZIAMENTI

L'amico Andrea Guglielmino, maestro di vita e di quieta saggezza, per la geografia di Balbi 4.

L'amico Andrea Ballestri, cultore di fotografia, per l'ora blu.

Il mio caro cugino Paolo Murchio, musicista e musicologo gourmet, per il portamento della voce sull'intervallo ascendente di terza.

I miei amici Paola Pettinotti e Alessandro Ravera, profondi conoscitori della città di Genova, per il fantomatico ostello della gioventù.

Mia figlia Stefania, che mi ha sollecitato ad approfondire alcune questioni di lessico.

Mia moglie Arianna, che vanta un senso del tempo più efficiente del mio e in extremis ha fatto chiarezza su borse, valigie trolley, su aggettivi quali «omofobo», nonché sulla grafia del dottor Mesmer.

Il mio compagno di liceo e amico di una vita Paolo Milone che con il suo formidabile romanzo mi ha sollecitato a rileggere gli epigrammi di Marziale.

Il solido Alessandro Mola, editor di Garzanti, che mi risparmia certe cantonate, clamorosamente lesive della reputazione di un vecchio, consumato scrittore di noir mediterraneo.

INDICE

Finito di stampare nel mese di novembre 2021
da Grafica Veneta s.p.a., Trebaseleghe (PD)

Questo libro è stampato col sole

Azienda carbon-free